UNSICHTBARE FRAUEN

© 1995 Residenz Verlag, Salzburg und Wien
Alle Rechte, insbesondere das des auszugsweisen Abdrucks
und das der photomechanischen Wiedergabe, vorbehalten
Satz: Fotosatz Rizner, Salzburg
Printed in Austria by Wiener Verlag, Himberg
ISBN 3-7017-0971-8

Evelyn Schlag

UNSICHTBARE FRAUEN

DREI ERZÄHLUNGEN

Residenz Verlag

Rilkes Lieblingsgedicht

Millimeter für Millimeter verließ er sie. Sie konnte nicht glauben, daß er sich so von ihr lossagte. Seinem Drang vorwärts so in den Rücken fiel, ihn zurücklockte mit irgendwelchen für sie nicht hörbaren Versprechungen. Langsam, vorsichtig, wie um ihren Argwohn nicht zu wecken, zog er sich zurück, gab er ihr Terrain frei. Er stahl sich hinaus. Sie hatte ihm die ganze Zeit in die Augen gesehen, aber er unterstellte ihr eine schläfrige Wehrlosigkeit, tat so, als habe er ihre Zustimmung, als wünsche auch sie, daß sie wieder nur aus sich allein bestehe. Es schien, als seien ihm die Argumente ausgegangen – er hatte in ihr gehämmert und gepocht, er hatte sie überschwemmt mit wortlosen Schwüren, und nun zog er sich zurück, um sich wieder zu sammeln. Er schwieg, machte Absätze in seinem Schweigen, wenn er die Lider langsam, so ruhig senkte und wieder öffnete, als wollte er sich selbst streicheln, seinen müden Blick schlafen legen. Oder dieses weiche Antippen seiner Wimpern am unteren Lidrand galt auch ihr, sollte auch sie besänftigen oder ihre Komplizenschaft loben. Ihre Muskeln ließen nach, eine Flamme streckte sich lang übers Scheit, wollte schlafen, verschwinden.

Jetzt schloß sie die Augen. Sie hörte, wie er aus dem Bett stieg, wie er zurückfiel in sein abgezirkeltes Leben, in die ersten Gedanken an seine Arbeit, wie ihn die Reue lästig streifte. Er ging ins Badezimmer, drehte den Wasserhahn auf. Sie sah ihn, ohne zusehen zu müssen, wie er sich zurechtmachte. Er könnte jetzt wegfahren in jede mögliche Existenz ohne sie, während seine Spur noch aus ihr sickerte. Aber er kehrte zurück, legte ihr ein Handtuch zwischen die Beine. Mit kleinen, dämpfenden Bewegungen erstickte sie, was er bei ihr gelassen hatte. Etwas kämpfte noch gegen den Verrat, den ihre Hand da beging. Etwas drängte noch nach, ein leises Quellen. Warum blieb das nicht, wo es war. Ein Blick. Das Handtuch war dunkelblau, fremdes Zubehör. Ein Hotelzimmer. Frottee. Die Schlaufen. Sie wiegte sich in den Gedanken. Draußen war alles andere.

Er fiel aufs Bett neben sie. Glühendes Wesen. Er stöhnte zufrieden in einem kleinen Monolog, kurze Pausen, keine langen Sätze. Sie hörte ihm zu, versuchte eine Nachricht herauszuhören, aber er war in irgendeiner Landschaft, in der sie nur am Horizont stand oder vielleicht ein paar Schritte machte oder in den Himmel schaute. Seine Hand desertierte auf ihren Körper, auf das, was ihr als erstes unterkam, den Bauch. Seine Finger strichen hin und her. Der Zeigefinger, dann der Mittelfinger. Hin und her. Zu ihr, dann zu seiner Frau. Seine Finger interessierten sich nicht für ihre Haut, wanderten nicht, drückten nicht, hielten nicht länger inne. Sie schritten langsam immer dieselbe Strecke ab. Keine Ausläufer seiner Erregung. Nicht die letzten Verästelungen der vorangegangenen Unruhe, nicht die letzten Aufbäumungen. Er legte mit seinen beiden Fingern ein Stück Lebenslauf zurück.

Sie drehte sich zu ihm, das Handtuch noch eingeklemmt, festgeklebt. Seine Hand sank aufs Laken, tappte blind umher. Er lag auf dem Rücken, die Beine leicht gespreizt, seine Haut glänzte auf der Brust, auf dem Bauch, sein Glied zur Seite, von ihr abgewandt. Auf seinem Gesicht der heiße Tau. Ein Tropfen rutschte die Schläfe hinunter. Es war später Abend. Sie hatten nur seine Nachttischlampe eingeschaltet. Sie liebte seinen Umriß, sie liebte das in ihm enthaltene Gewicht. Sie sank zurück in das Gefühl, wenn er sie beschwerte. Sie drehte sich wieder auf den Rücken, vergaß seine Hand, sein

Suchen, dachte sich seinen Körper auf sie zurück. Seine feuchte, große Front, die sich auf sie senkte, sie mitnehmen wollte, wenn sie sich wieder hob, nicht glauben wollte, daß der andere, zartere Körper liegen bleiben sollte. Seine Haut, ihre Haut stießen kleine Entsetzensschreie aus, wenn er sich löste, um gleich wieder auf sie zu kommen. Dann stieg sie ein Stück mit ihm hoch, preßte ihre nun auch befeuchtete Haut an ihn. Sie stöhnte – wie ein Kind, das alles will, das glaubt, mit diesen kurzen, hohen Lauten das Verlangte, das Unverzichtbare heranlocken zu können. Sein Bauch drängte sie tief ins Bett, das nicht mehr nachgab. Dann erst spürte sie ihn ganz, durch seinen Körper sein Wesen. Er mahlte in Kreisen auf ihrem Unterleib, er polsterte ihre Hüftknochen. Er stach sanft nach ihr. Er füllte, fütterte ihre hohlen Stellen aus.

Der Schweiß, der ihren Körper überzogen hatte, war abgekühlt. Sie trug ein atemhauchdünnes Gewand aus Kühle. Sie trug seine Trennung, sein Vergessen. Er war in allen ihren Poren, aber als Mangel, als Leere, als von ihm verlassener Raum. Er lag noch immer stumm neben ihr. Sie griff nach dem Bettüberzug. Die Bettdecken hatten sie gleich am Nachmittag herausgenommen, sie lagen reglos in der Ecke.

Sie sah ihn an. Mit geschlossenen Augen schüttelte er den Kopf auf dem Kissen.

»Wahnsinn, was wir miteinander machen.«

Sie wußte nicht, was er meinte. Daß sie überhaupt hier waren, sie und er? Sie kamen aus getrennten Leben, zwei von weit her heranschwingende Eiskunstläufer. Seine, ihre Sehnsucht hatten sich an bestimmten Stellen ihrer Körper verabredet. Sie ließen stumm die Begegnungen geschehen, sie spürten, wie das Warten hier an der Wange, im Nacken, um die Taille, an der Schläfe, hier und hier zu Ende ging. Wie zwei Vermißte, Wiedergefundene, jeder aus des anderen Umarmung abgängig gewesen, hießen sie einander willkommen.

Oder sagte ihm das sein erstaunter Körper? Wozu wir fähig sind, wir beide? Er hatte eine Hand auf seiner Brust liegen, die Finger leicht gekrümmt, er war eingeschlafen. Sein Atem war ganz gleichmäßig geworden, hatte die Kontrolle zurückgewonnen. Er wurde nicht mehr mit tiefem Stöhnen beschwert, mußte nichts schleppen, keine Lust, keine Gier. Sein Atem, wie er so in gewöhnlichem Tempo seine Arbeit verrichtete, kam ihr mit seinem anderen Leben verbündet vor.

Am Nachmittag waren sie spazierengegangen, erst durch die Stadt, die Fußgängerzone mit den in schmalen Rinnen dahinplätschernden Wassern, dann über die Brücke und den Hügel hinauf, an Einfamilienhäusern entlang. Sie kamen bald ins Schwitzen. Sie trug ihren viel zu warmen Plüschmantel. Er hatte seinen Trenchcoat schon wie eine dicke Schärpe über die Schulter gehängt. Sie blieben immer wieder einmal stehen und beklagten sich im Spaß über diesen Oktobertag, der ihnen so einen Streich spielte. Das Freiburger Münster stand, wie von einer Kinderhand hingestellt, auf seinem Platz. Sie hatte an die roten Holzhäuschen gedacht, die in ihrem DKT-Spiel Hotels bedeuteten. Daß sie in dem billigen Linz um dasselbe Spielgeld drei Hotels kaufen konnte, das ihr in Wien auf der Kärntnerstraße gerade eines brachte. Am billigsten war Eisenstadt gewesen. Man könnte jetzt das Freiburger Münster kaufen, mit zwei Fingern aufheben und an eine andere Stelle setzen. DKT – *Das* Kaufmännische Talent oder *Deutsches Kaufmännisches Talent?*

»Hier muß irgendwo Marina Zwetajewa gewohnt haben«, sagte er. »1904 oder 1905, mit ihrer Schwester, während die Mutter in einer Tuberkuloseklinik im

Schwarzwald lag. Das Pensionat hieß – warte mal, ich komm noch drauf.«

Sie schwieg, weil sie glaubte, er denke über den verlorenen Namen nach.

»Daß die in die Sowjetunion zurückging«, sagte er. »Ihr Mann stand schon auf der Abschußliste. Er war Agent gewesen in Paris. Während des Ersten Weltkriegs und dann im Bürgerkrieg hatte sie ihn fünf oder sechs Jahre nicht gesehen. Sie wußte nicht mal, ob er noch lebte. Also, du, das war ein Leben.«

Warum ist er immer so fasziniert von fremden, schweren Leben? dachte sie. Um sein eigenes nicht ändern zu müssen? Um dankbar in die eigenen Zwänge zurückzukehren, die nichtig waren angesichts der großen, unerbittlichen Zugriffe eines Staats, einer Krankheit, eines amoklaufenden Schicksals? Er erzählte ihr diese Geschichten, um sie zu beschwichtigen, um diese ständig zwischen ihnen aufbrechenden Trennungen als etwas Erträgliches einzuordnen, das man nicht einmal erwähnen mußte.

Sie blieben immer wieder stehen. Auch sie hatte ihren Mantel ausgezogen und mit der kühleren Futterseite nach außen zusammengelegt. Sie trug ihn einmal links unterm Arm, einmal rechts. Er wechselte seinen Trenchcoat von einer Schulter auf die andere.

»Kennst du den Tappeiner-Weg in Meran?« fragte sie. »Er führt hinter der Stadt den Berg hinauf. Auf den Mauern flitzen die Eidechsen herum. Und oben ist ein herrliches Café.«

»Ja klar. Oben kommt man zu Schloß Tirol, und irgendwo in der Nähe ist die Burg, auf der Ezra Pound lebte.«

»Erzähl mir noch einmal die Geschichte über William Carlos Williams, als er Pound in der Irrenanstalt besuchte«, bat sie.

Endlich legten sie die Mäntel über das hölzerne Geländer. Er zog sie zu sich, drückte sie in die Rippen, so daß sie die Wolle ihres Pullovers durch die dünne Unterwäsche kratzen spürte. Er fuhr mit einem Finger unter ihrer Brust entlang und wieder zurück. Sie schaute auf die Stadt, auf das Münster. Wie eine Puppe ließ sie sich liebkosen. Sie sammelte die Antworten, die sie geben würde. In dieser Richtung liegt das Elsaß. Sie drehte den Kopf zu ihm. Und wenn du einen Tag länger bleibst, und wir fahren ins Elsaß? fragte sie stumm. Könnten ihre Wünsche seinen Wünschen Zeichen geben! In irgendeiner Schattensprache oder in einer Luftzugsprache oder in einer Amselsprache miteinander verhandeln. Ihre gemeinsame Zukunft um einen Tag verlängern.

»Wenn wir jetzt eine zweisprachige Zwetajewa-Ausgabe hätten, würde ich dir mein Lieblingsgedicht auf russisch vorlesen«, sagte er. »*Du gehst, so ging ich auch/ Mit Augen, die nach unten sehn./ Ich schlug sie nieder, auch./ Der du vorübergehst, bleib stehn.*«

Er hielt sie ein wenig fester, alles mußte mithelfen, damit er sich erinnere. Sie spürte, wie er nach der nächsten Strophe horchte.

»*Der du vorübergehst, bleib stehn ... und lies, wie alt ich war,/ Und daß ich Marina hieß*. Und später dann, die letzte oder vorletzte Strophe: *Nur steh nicht so verfinstert,/ Das Kinn der Brust aufgesessen,/ Du sollst leicht an mich denken / Und sollst mich leicht vergessen.* – – Das ist wunderbar«, sagte er.

Sie wartete, daß dies nicht die letzten Zeilen von Marina Zwetajewa waren, die er ihr weitergeben würde. Du sollst mich *nicht* leicht vergessen, dachte sie. Sie fühlte sich von solchen verführerischen Blasphemien der Liebe bedroht. Sie traute ihm zu, sich mit einer solchen Zeile an ihr vorbeischmuggeln zu wollen, wenn es darauf ankäme. Sie wünschte, ihr Gedächtnis verrate ihr eine andere Zeile, aber es schwieg. Ihr fiel nur Marina Zwetajewas Briefliebe zu Rilke ein – der Satz vom »ewigen Paar der Sich-nie-Begegnenden.« Es war der denkbar ungünstigste Satz. Sie räusperte sich und kniff die Augen zusammen. Wie das wohl wäre – ihn leicht vergessen ... dann wäre sie es, die ihn mühelos verließ, ihren Griff abhob, nicht einmal das Gewicht der eigenen Hand spürend, keinem Echo in der Haut nachsann, keinem Abdruck. Sie müßte sich ohne ihn vollständig fühlen können.

»Wie gut kannst du denn Russisch?«

Sie waren langsam weitergegangen. Auch der Wald brachte keine Kühlung. Irgendwann setzten sie sich auf eine Bank. Er zog sein Sakko aus, knöpfte das Hemd auf und fächelte sich Luft zu. Ihr klebte das Unterhemd an Bauch und Rücken fest. Von einem Lokal war nichts zu sehen. Sie überlegten, ob es auf dem Weg ein Hinweisschild gegeben hatte. Sie waren einfach drauflosmarschiert nach dem Mittagessen. Er beugte sich vor, um nach einer Nuß zu greifen, die im Laub lag. Sie polierte sie mit ihrem Taschentuch.

»Das war heuer wieder ein Nußjahr. Ich weiß gar nicht, ob ich mich drüber freuen soll oder nicht. Für meine Mutter wird das allmählich zu einem Fluch. Sie kann nichts verderben lassen. Sie hebt jede Nuß auf, auch wenn ihr beim Hinunterbücken der Kopf saust.«

Sie steckte die Nuß in ihre Manteltasche. Er war aufgestanden und suchte mit dem Fuß nach weiteren Früchten.

»Glaubst du an Wiedergeburt?« fragte sie.

»Unbedingt.«

»Nein, im Ernst. Glaubst du daran?«

»Ich glaube an die Grammatik«, sagte er. »Also gut. Ich glaube an die Grammatik und an die Wiedergeburt.«

»Unsere Nachbarin hat sich neulich auf einem Bild im Louvre wiedererkannt. Die Klavierlehrerin, die meinen Namen singt, wenn sie mich grüßt. Sie steht vor diesem Bild, das eine Wahrsagerin zeigt. Ein Mann streckt der Frau die Hand hin –«

»Das tun Männer immer.«

»Aber etwas hält die Wahrsagerin davon ab, die Linien mit ihrem Zeigefinger zu lesen. Die Klavierlehrerin spürte, wie ihr eigener Zeigefinger zuckte und wie sich über die Handfläche des Mannes etwas Unheimliches spannte. Sie bekam einen Schweißausbruch, den sie *wiedererkannte.*«

»Das erlebe ich jeden Tag, daß ich meine Schweißausbrüche wiedererkenne«, sagte er. »Mensch, diese Hitze im Oktober. Du.«

»Ja?«

»Ich muß jetzt nicht in dieses Restaurant hinauf.«

»Ich auch nicht.«

Eine kleine, rote Libelle war auf einem Halm gelandet, wippte mit dem Hinterteil auf und ab, erhob sich gleich wieder und zog ihre feine Patrouille weiter. Sie sah ihr nach, sah diese flirrende Lebendigkeit, dieses kleine, mit einem Wunsch, einem Plan, einer Lösung ausgestattete Leben und bekam solche Lust, etwas in Angriff zu nehmen, ihre Gedanken und ihre Hände mit einer ebensolchen Spannung zu laden, daß es ihr die Augen zudrückte mit einer süßen, überwältigenden Macht.

In der ersten Buchhandlung, an der sie vorbeikamen, fragten sie nach der Zwetajewa-Ausgabe. Die zweisprachige hatten sie nicht, aber eine andere, aus der er ihr ganz leise, während sie stumm mitlas, sein Lieblingsgedicht vorlesen konnte. Er stellte das Buch zurück, nahm es gleich wieder vom Regal und fragte sie, ob sie es wolle.

»Es kommt allerdings bald eine größere Auswahl heraus. Die würde ich dir lieber schenken.«

Sie schmiegte sich kurz an ihn. Das wäre schön, hieß das. Auch wenn ich schon so viel von ihr habe, das wäre schön.

Im Hotel zurück zogen sie ihre verschwitzten Kleider aus.

»Laß uns ein Bad miteinander nehmen«, sagte sie.

Während das Wasser in die Wanne lief, stand er vor dem Fernseher, die Fernbedienung in der Hand wie ein Stück Holz, das er seinem Hund zum Apportieren warf. Ein Fußballspieler in glänzendem, blauem Trikot wälzte sich auf dem Boden, die Beine angezogen, das Gesicht zu einer Schmerzensmaske erstarrt. Sie ging ins Badezimmer, suchte unter den Toiletteartikeln des Hotels das Kuvert mit dem Badegel heraus und schnitt es auf. Sie strich es mit zwei Fingern glatt, bis nichts mehr herauskam. *Sie kann nichts verderben lassen.* Plötzlich heftete sich dieser Satz über seine Mutter an eine ganz von seinem Glück bestrahlte Szene im Badezimmer eines Hotels in Hamburg. Sie sah das elegante, weißgekachelte Bad vor sich, mit der Leiste aus kleinen lachsrosa Dreiecken, die anzudeuten schienen, daß man hier in einem teuren Alsterhotel an der Nordsee war. Sie hatte eine Tube Haarshampoo von zu Hause mitgebracht, die schon fast aufgebraucht war. Die Tube hatte sie mit der Nagelschere aufgeschnitten und den Rest des Shampoos mit Wasser verdünnt, um es aus der Tube zu bekommen. Er war in der Tür gestanden. »So machst du das, du Liebe, du?« Sie hatte nicht begriffen, warum ihn das so glücklich machte.

Sie warf einen Blick ins Zimmer, zum Fernseher, sah, wie der Tormann langsam zum Sprung ansetzte, jeden Zentimeter seiner Bewegung auskostend, die Arme hob, die schlanken Flügel, und in einem Bogen aufstieg, das schräg ins Bild gespannte Netz des Tors nur noch ein Muster auf dem Auge des Zuschauers. Er verschluckte den Ball mit seinem ganzen Körper, es war nichts mehr davon zu sehen. Dann verwandelte sich sein Raubtierbalg wieder in ein schwarz-gelb-gestreiftes Hemd. Er rappelte sich mit lächerlich kurzen Schritten hoch, hielt den Ball mit beiden Händen über seinem Kopf und rannte aufs Feld, als gelte es, den Kopf eines Feindes im Triumph zu präsentieren.

»Ist es schon soweit?« fragte er.

Sie mußte zweimal kaltes Wasser nachfüllen. Auch dann standen sie noch wie zwei Sünder im kniehohen Wasser und wagten nicht, sich zu setzen. Langsam gewöhnten sie ihre Körper an die Hitze, die sich mit Stacheln in sie bohrte. Sie hockten einander gegenüber, schöpften eine Handvoll über die eine Schulter, über die andere. Sie sah seine Brandnarbe auf dem Schlüsselbein, die zu ungleichmäßigen Falten zusammengeschobene Haut, als müßte man sie –

»Tss ...«

»Was hast du?«

»Deine Narbe. Ich dachte grade, man müßte sie *ausbügeln.*«

»Danke schön. Einmal reicht.«

Sie glitten ganz ins Wasser, immer wieder angehalten von den Gliedmaßen des anderen. Sie hatten gerade genug Platz. Wenn sie den Ellbogen über den Rand hinausstehen ließ, strich die Luft kühl über sie. Das Wasser verwandelte alle ihre Bewegungen. Um nicht grob zu erscheinen, wo man bloß den Arm hob, mußte man weicher, vorsichtiger werden. Sie fuhr langsam seinen eingeseiften Unterschenkel hinauf. Wüßte man nicht, daß es unter Wasser auch das sekundenschnelle Zupacken gab, den Überlebenskampf, man hätte meinen können, dort sei noch alles friedlich.

Er hatte die Augen geschlossen. Sie lehnte ihren Kopf mit den hochgesteckten Haaren an den Rand der Wanne. Kein Laut außer dem Seufzen des Wassers, wenn einer von ihnen ein wenig rutschte. Er faßte nach ihrem Bein, hob es, verlagerte sich zwischen ihre Beine. Sie drückte mit den Fersen gegen seinen Rippenkorb, er hielt ihre Waden. Seine Fußsohle suchte nach ihr, stemmte sich weich gegen ihre Scheide. Sie überließ sich ganz diesem Druck, diesem fremdartigen Gruß. Es war, als küßte seine Sohle sie.

»Weißt du, das hätte man doch gern einmal in seiner Ehe erlebt«, sagte er.

Seine Augen waren noch immer geschlossen, als redete er mehr mit sich.

»Daß man ein einziges Mal so miteinander in der Badewanne gesessen wäre.«

»Wie«, fragte sie. »So?« und drückte seinen Fuß fester gegen ihre Scham.

»Wenn es das gegeben hätte, dann würde es bald geheißen haben: *Deine Zehennägel gehören geschnitten. Kein Wunder, daß man glaubt, ein Pferd kommt zu einem ins Bett.* Weißt du, dieses Gefühl, sie sieht diesen Körper nur als eine Zumutung, als etwas Schmutziges, das man sich vom Leib halten muß, das eigentlich dauernd parfümiert und desodoriert werden müßte, damit sie den ureigenen Geruch nicht wahrnehmen muß, weil sie ihn haßt … das kränkt so, das kann man gar nicht beschreiben.«

Er krallte die Zehen zusammen, zog leicht an ihrem Schamhaar. Luftbläschen reihten sich dort auf. Es sah aus wie eine kleine Perlenkette, die man einer Puppe über das Handgelenk streift. Sie legte die Hand auf seinen Rist, auf den Puls seines Fußes. Dieses Pochen unter ihrer Hand im Wasser war, als hielte sie einen Fisch gefangen, der sich nicht mehr wehrte, nicht mehr um sich schlug, sondern der Erzählung ihrer Hand zuhörte. Ihre Hand drückte einmal fester, einmal sanfter, die Finger spielten Tonleitern hinauf und hinunter. Sie kämmte mit dem Zeigefinger die paar Haare auf seinen Zehen. Er hatte ihr die Geschichte erzählt, als ihrer beider Geschichte erst begann.

Er war zum Ultraschall beim Arzt gewesen. Wochenlang hatte er diese Beschwerden mit sich herumgetragen, irgendwo zwischen Herz und Bauch. Er schleppte einen Stein. Ein zweiter, unkontrollierbarer Rumpf steckte in ihm, den er nicht mehr wegdenken konnte. Auch sein Entspannungstraining versagte. Je gehorsamer er sich bemühte, sich von dem schweren Körper zu lösen, ihn von oben zu betrachten, gleichgültig und gutmütig, desto beharrlicher preßte sich das plumpe Tier an die Wände seines Käfigs. Oder er sah seinen durchsichtigen Körper auf einer Wiese liegen, mitten drin zupfte ein Geier an seinen Eingeweiden herum. Oder eine Ratte mit feuchter Schnauze versuchte, seine Leber von ihrem Platz zu schieben.

Dann hatte er sich endlich entschlossen, zum Arzt zu gehen. Von seinen Erkältungen abgesehen, war er fast nie krank gewesen, nie im Krankenhaus gelegen, nie operiert worden. Die Brandwunde stammte aus der Küche mit dem holzgeheizten Sparherd, auf dem er manchmal unter Aufsicht seiner Mutter ein Scheit in den lodernden Krater stecken durfte, ehe die Ringe wieder über die Öffnung gelegt wurden. Einmal hatte er einen Topf mit Apfelkompott von der Platte gezogen. Der Zimt hatte so gut gerochen.

Der Arzt drückte auf seinem Bauch herum. Er mußte einatmen, den Atem anhalten und sagen, ob der Druck nun stärker sei als zuvor. Ein Bluttest wurde gemacht. Seine Leberwerte waren erhöht, aber er trank nicht, er hatte keine Hepatitis gehabt. Er wurde zum Ultraschall geschickt. Auf dem Schild stand *Institut für Bilddiagnostik*. Er war vor der vereinbarten Zeit dort. In dem Aufnahmeraum saßen zwei Ordinationshilfen. Eine war so jung, mit der hatte er telefonisch den Termin vereinbart. Nun kam er zur anderen.

»Nüchtern? Volle Blase?« bellte sie ihn an.

»Nüchtern bin ich. Von dem andern hat der praktische Arzt nichts gesagt.«

»Dann gehen Sie noch eine Stunde ins Café und trinken Sie, so viel Sie können.«

Er ärgerte sich, weil er sich ohne Widerspruch von dieser groben Stimme hatte verscheuchen lassen, die Treppe hinunterfegen wie Kehricht. Er ging betäubt in einen Delikatessenladen und kaufte zwei Flaschen Mineralwasser. Noch im Auto auf dem Parkplatz trank er, bis ihm der Magen brannte. Er fuhr eine Weile, hielt bei einem Supermarkt und stellte den Motor ab. Fahrzeuge rasten auf der Hauptstraße vorüber. Manchmal blinkte ein Wagen und bog ein. Jemand stieg aus und füllte Plastikbecher in einen Container und verschwand im Supermarkt. Er kam sich wie ein Trinker vor, wenn er die Flasche immer wieder an den Mund setzte. Er hatte Angst.

»Du.«

»Ja.«

Der kleine, weiße Seifenziegel war ins Wasser geglitten. Sie rückte zur Seite, suchte mit einer Hand unter seinen Beinen, während sie mit der anderen seinen Fuß weiter an sich drückte. Er fing die Seife ein.

»Gib her«, sagte sie und ließ seinen Fuß los.

Sie hockte sich auf, nahm die Seife, begann seine Schultern und seine Brust einzuseifen, hob seine Arme, seifte die Achseln, strich mit der Seife unter dem Wasser seine Rippen entlang, zwischen die Falten seines Bauchs.

Er war zurückgekehrt in die Ordination, bis oben hin vollgepumpt. Er hatte seinen Oberkörper in der Kabine freigemacht, sich auf das schmale Bett gelegt, das Hygienepapier dabei so weit verschoben, daß er mit einem Schuh auf dem Lederüberzug zu liegen kam. Er hatte dem Arzt seine Beschwerden gebeichtet. Er hatte zugegeben, daß seine Leberwerte schlecht waren. Der Arzt schmierte ihm eine Paste auf den Bauch und fuhr mit dem Ultraschallkopf wie mit einem Spielzeugauto darauf herum. Ein paar Mal machte er ein Standbild. Dann war es vorüber. Während er mit einem Kleenex seinen Bauch abwischte, als habe er einen Samenerguß darauf kleben, sagte ihm der Arzt, daß alles in Ordnung sei. Ohne Befund.

Ohne Befund ging er an der groben Stimme vorbei. Auf der Straße unten sah er in einem Auto auf dem Beifahrersitz ein Seidentuch liegen. Das war die erste Begegnung mit dem wiedergeschenkten Leben. Er wollte auch so ein Wappen aus Seide und Liebe auf seinem Beifahrersitz liegen haben. Und er wollte eine Frau kennen, der er so ein Tuch schenken könnte. Er wollte nicht in seinem Auto sitzen, an der Ampel, und sich die Hand vor den Mund halten, riechen, wie schlimm er aus dem Mund roch. *Riechst du das nicht?*

Sie hatte sich umgedreht. Er führte die Seife in großen Kreisen über ihren Rücken.

»Sollen wir heißes Wasser nachlaufen lassen?« fragte er. »Dir soll nicht kalt werden.«

»Mir ist nicht kalt«, sagte sie.

Er umfaßte ihr Gesäß von außen, hielt sie in beiden Händen, hob sie, schaukelte sie. Sie kreischte leise. Er zog ihre Gesäßbacken ganz leicht auseinander. Sie spürte, wie ihre Schamlippen seinen Befehlen folgten, sie spürte, wie ihrer beider Schweigen jetzt von diesem Öffnen und Schließen ihres Geschlechts handelte. Er strich ihre Oberschenkel entlang, umarmte ihren Bauch, zog sie zu sich zurück, legte sie sich zwischen die Beine, ihr Rücken auf seiner Front. Wie ein Wassertier sich ein Wassertier holt. Er hielt sie mit einem Arm fest um die Schulter, mit dem anderen wusch er nun ihren Bauch, ihren Haaransatz unten, strich mit der flachen Hand zwischen Schenkel und Scham hinunter, so weit er kam.

Er war zu seiner Frau nach Hause gefahren. Sie war noch immer eine schöne Frau. Sie fragte nicht nach dem Ergebnis seiner Untersuchung, sie trug gerade bunte Wäschestücke für die Waschmaschine zusammen. Er ging ihr nach. Vor ihrem Zimmer lag ein Haufen Wäsche auf dem Boden, ihr BH obenauf, zart und weiß. Im Türrahmen gerieten sie aneinander. Er wollte ihr sagen, daß er entkommen sei oder gerettet, also sagte er: »Es war ohnehin nichts.« Sie sah ihn an, wie man den Fremden in der Straßenbahn, der einem durch das Gedränge zu nahe gekommen ist, ein paar Sekunden lang ansehen muß, ehe man mit dem Blick hinter die Lider flüchtet. Sie ging als erste ins Zimmer, ein paar dunkle Socken von ihm an den Leib gedrückt. Sie warf die Socken an ihm vorbei auf den Flur hinaus. Er mußte lachen. Ihr Bett war mit der gerippten, weißen Decke aus Bologna zugedeckt.

»Wir sollten wieder einmal nach Bologna fahren«, sagte er.

»Die Decke ist aus Padua.«

»Aus Padua?«

»Wir haben sie erst am letzten Tag gekauft, und unsere letzte Station war Padua.«

Er konnte schwören, daß die Decke aus Bologna war, weil er sich so genau an den Laden erinnerte. Aber ihr zuliebe verletzte er sein Gerechtigkeitsgefühl. Sie wußte den Geburtstag ihres Großvaters nicht, von dem sie doch immer wieder erzählte. Sie hatte die Namen der ersten Mondastronauten schon wieder vergessen. Sie strich über die weiße Decke. Er sah die Sommersprossen auf ihrem Dekolleté, als sie sich bückte. Er war sich plötzlich einer wunderbaren Sicherheit bewußt: daß es nur an ihm liege, ob sich das Versprechen dieses Nachmittags erfüllen würde. Er schlug die Decke an einem Ende zurück. Seine Frau ließ sich am Handgelenk aufs Bett ziehen, ließ sich an den Schultern langsam nach unten drücken, bis sie auf dem Rücken lag, stumm, kein Streit mehr über Padua und Bologna. Er rückte aufs Bett neben sie, er schob sich mit dem linken Schuh den rechten vom Fuß, der Schuh plumpste laut auf den Boden. Für den anderen Schuh brauchte er viel zu lange, das bemerkte er selbst, während er seiner Frau die elektrisierten Haare einzeln vom Hals zur Seite zupfte. Seine Hand faßte sie um die Mitte, griff in ihre Weiche unter den Rippen, sie war noch immer schlank. Er liebte sein Leben. Er wünschte, er könnte ihr diese Sehnsucht in den Körper kneten. Er wünschte, er könnte zaubern.

Du hast dir die Hände nicht gewaschen!

Er nahm die Handdusche und drehte das warme Wasser auf. Er massierte sie mit dem Wasserstrahl unter Wasser, ließ den leise vor sich hin gurgelnden Brausekopf ihre Schenkel liebkosen. Wie oft hatte sie sich die Szene in diesem Zimmer seiner Frau in Gedanken vorgespielt. Es konnte wirklich so gewesen sein, wie er es erzählt hatte. Die Schuldfrage wäre damit noch nicht geklärt. Sie lag in den Armen, zwischen den Beinen, auf dem Bauch eines Mannes, an dem sie alles begehrte. Sie mußte sich zu nichts überreden. Es war, als sei sie mit einem besonderen Gen für diesen Mann ausgestattet. Wenn sie ihm nicht begegnet wäre, wüßte sie gar nicht, daß es so etwas gab.

Er hatte die Brause zurückgehängt.

»Heiliger Mark Twain! Einmal muß Schluß sein«, sagte er. »Ich könnte ewig so mit dir hier liegen.«

Er schob sie langsam von seinem Bauch, bis sie vor ihm hockte, und stand auf. Das Wasser fiel in einem Schwall von ihm hinunter. Es nahm heulend Abschied von ihm.

Er atmete jetzt ein wenig schwerer. Wenn man ihn so liegen sah, schlafend, hörte es sich nach einem dünnen Schnarchen an. Als streiche jemand mit einem schlecht gespannten Bogen über eine Saite. Aber dieser torkelnde Gesang hätte genausogut ein mühsam zurückgehaltenes Entsetzen bedeuten können. Sie horchte sich in diese fremde Stimme hinein, die immer mehr so klang, als stünde er vor einem Riesen, selbst ganz klein. Es passierte ihr manchmal, daß sie nicht sagen konnte, woher ein Geräusch kam. Wenn sie sich endlich sicher war, daß es aus einer bestimmten Richtung kam, im Garten, im Freien, auch im Haus, dann war es im nächsten Augenblick schon aus der entgegengesetzten Richtung denkbar. In ihrem Kopf ließ sich das ganz leicht vertauschen. Oder sie dachte sich etwas Kleines, ein Insekt, als Verursacher, das mit seiner vollen Lautstärke Töne in die Welt setzte, und gleich drauf konnte es auch ein flüsterndes großes Wesen sein – ein Baum, ein Auto, das sich auf knirschendem Schotter anschlich. Vor kurzem hatte sie einen Hubschrauber über dem Garten ihrer Mutter kreisen gehört, ein gefährliches Zerhacken der Luft, aber er war nirgendwo zu sehen gewesen. Nur ein glitzerndes Flugzeug weit oben. Sie hatte zwei Geräusche zusammengehört – den Traktor vom Hang drüben und das Brummen des Flugzeugs.

Von der abgeschirmten Lampe über dem Bett wurden seine Stirn und die eine Gesichtshälfte beleuchtet. Sie betrachtete ihn eine Weile, ohne ihm auf die Augenlider zu schauen, um ihn nicht wachzurufen. Seine

Lippen waren trocken, leicht geöffnet. Manchmal zuckten sie, als murmelte er einem Mitbewohner seines Traums etwas zu. Dann schreckte sie die Vorstellung, er liege im Sterben, er buchstabiere die Regeln des Jenseits. Aber sein Brustkorb hob sich noch. Sie drehte sich auf die andere Seite, im Halbdunkel ließ die Angst sie wieder los, die Angst für diesmal.

Im Frühjahr war er mit seiner Frau in London gewesen. Am dritten Abend hatte sie in den Spätnachrichten gerade noch gehört, daß in London ein Hotel gebrannt hatte. Sieben Gäste waren dabei umgekommen. Den Namen des Hotels hatte sie in der Aufregung nicht verstanden, vielleicht hatte ihn der Sprecher gar nicht genannt. Sie hatte gesehen, wie sich ein Mann an zusammengeknoteten Laken abseilte, wie sich sein Körper um die eigene Achse drehte, wie er das Seil losließ und den letzten Meter sprang. Mit ausgebreiteten Armen. Dann war wieder der Nachrichtensprecher im Bild gewesen, er legte das Blatt zur Seite, hinter ihm erschien die Fassade der Bank für Entwicklungshilfe in Osteuropa. Wo sollte sie jetzt anrufen? Die deutsche Botschaft in London. Die deutsche Botschaft in Wien. Es war viertel nach zehn Uhr abends. Guten Abend. Hier spricht der Tonbanddienst der Botschaft der Bundesrepublik Deutschland.

Sie hatte versucht, sich zu erinnern, wie das Hotel hieß, in dem er mit seiner Frau wohnte.

»Ach, irgendwas mit Kensington – Kensington Gardens, Kensington Palace, was weiß ich«, hatte er ihr am Tag vor der Abreise noch gesagt.

»Du willst es mir nicht sagen, damit ich dich dort nicht anrufe. Aber du weißt doch, daß ich das nicht tun würde.«

Das Telefon, ohne das ihre Liebe überhaupt keine Chance hätte. Erst wenn sie sein tiefes, langgezogenes

Jaa –? hörte, mit dem er sie von einer Sekunde auf die andere mit beiden Händen in sein Leben schöpfte, schien es diese Liebe zu geben.

Sie hatte den Kundendienst des ORF angerufen.

»Könnten Sie mir den Namen des Hotels sagen, in dem es gebrannt hat? Und ob dabei deutsche Staatsbürger – zu Schaden gekommen sind?«

»Sie müssen sich noch gedulden. Wir können jetzt nicht in den News-Room hinein. Rufen Sie in einer Viertelstunde noch einmal an.«

Als nächstes hatte sie sich von der Telefonauskunft die Nummer der deutschen Botschaft in London geben lassen. Das Läuten wurde auch dort vom Rauschen eines Tonbands abgeschnitten. »Any German tourists injured in the hotel fire?« hatte sie wider besseres Wissen diese autistische Stimme gefragt. Sie hatte den Ton des Fernsehers leiser gedreht, schaute nur auf den wie immer leicht besorgt blickenden Sprecher und versuchte, sich an seine Sätze zu erinnern. Er hatte etwas von Kensington gesagt. Dieser Körper an dem Seil. Wenn sie in dem Mann Joachim erkannt hätte, wäre sie jetzt beruhigt. Unsere Liebe ist in Hotelzimmern zuhause, dachte sie. Eine Stimme, die sie haßte, begann in ihr zu sprechen, ihre eigene alte, abergläubische, katholische Stimme, die sagte, es geschehe ihr recht.

Als sie endlich den Namen des Hotels erfahren hatte, aber keine näheren Angaben über die Opfer, konnte sie sich die Nummer suchen lassen, konnte dort anrufen und dem Läuten zuhören, dem niemand ein Ende setzte. Sie stellte sich vor, wie alle dort beschäftigt waren, Schutt zusammenzukehren. Wie Gepäckstücke in der Halle standen, zum Identifizieren aufgereiht. Niemand hatte jetzt Zeit, zum Telefon zu gehen. Männer mit Schreibblöcken in der Hand machten große Schritte über Wasserlachen und verkohlte Möbel und nahmen den Schaden auf. Vielleicht war die Nummer falsch. Vielleicht war sie vor kurzem erst geändert worden. Aber dann müßte ein Tonband darauf aufmerksam machen. Sie wählte die Nummer noch einmal. Stille. Dann das Besetztzeichen.

Wann immer sie an jenem Abend anrief, war die Nummer besetzt, und sie konnte sich verwählt haben, oder es war gerade keine Leitung frei, oder das Telefon in dem Hotel konnte durch den Brand gestört sein. Sie sagte sich, wenn ihm etwas passiert ist, müßte ich es doch genau spüren – einen Schmerz, den ich noch nie hatte. Diesen Schmerz hier kenne ich, und es war noch nie etwas passiert, er ist immer noch aufgetaucht und war nur bei einer Besprechung, von der er mir nichts gesagt hatte. Oder mußte das Auto vom Service holen. Oder zu einem Zahnarzttermin. Alles vernünftige Sachen. Wenn er sich nicht meldet am Telefon – dann ist er nicht zwangsläufig am vorangegangenen Abend auf der Fahrt nach Hause verunglückt. Das Telefon in seinem leeren Arbeitszimmer hatte keinen anderen Ton zur Verfügung als eben dies eine Rufen, mit dem es ihr vormachte, er könnte doch auch auf dem Gang sein, in der Bibliothek, bei einem Kollegen oder beim Kopieren. Manchmal verwandelte das Telefon sich in ein Märchenwesen, das zu dieser Strafe verurteilt worden war, weil es einmal gelogen hatte.

Die Bilder waren durch ihren Kopf gefegt. Er klettert über das Fenstersims. Das Zimmer in seinem Rücken lodert. Er liegt auf der Intensivstation, bewußtlos, von Maschinen bewacht. Sie wollte sich seinen mißhandelten Körper nicht vorstellen – wenn das geschehen war, hatte eine fremde Welt eingegriffen, und das mußte sie bemerkt haben. Sie hatte ihn nie krank gesehen, nur einmal erkältet. Sein ständiges Schneuzen, sein Blinzeln waren ihr in die Glieder gefahren, aber nicht, weil sie

Angst gehabt hätte, sich anzustecken. Was sie ohnedies immer begleitete, überfiel sie als ein verjüngtes, gestärktes, rücksichtsloses Wissen: wieviel an gemeinsamem Leben ihnen vorenthalten blieb. Seine tränenden Augen gehörten schon nicht mehr dazu. Nicht daß er mit ihr ins Bett ging, war sein Betrug, sondern daß er die Nacht durch in dem Hotelzimmer nieste, schnupfte, sich schneuzte. Auch damals hatten sie miteinander ein Bad genommen, sein spezielles Thymianbad gegen Erkältungen. Eine Liebe nahezu ohne Realien. Eine phantastische Liebe. *Du sollst leicht an mich denken.* Mit ihrer Sorge, mit diesem sie steifmachenden Horchen auf das Besetztzeichen verstieß sie gegen das Gesetz, das er ihr nie mit eigenen Worten verordnet hatte.

Seine Hand war ihm von der Brust gerutscht. Sie tippte an einen Finger.

»Aaahhh«, machte er. »So etwas. Solche – – –. Lust«, fügte er hinzu.

Sie spürte, daß ihm das Wort nicht genügte. Doch ihr genügte es. Es klang wie eine Erklärung dessen, was er vor dem Einschlafen gesagt hatte. Wahnsinn.

»Ich verdurste«, sagte er.

Er sprang auf, war mit zwei, drei Schritten im Badezimmer, füllte ein Glas, trank es aus, füllte noch eines, brachte es mit. Er setzte sich an ihren Bettrand, hielt ihr das beschlagene Glas hin. Sie stützte sich auf und trank. Er sah ihr zu, nickte. Die Hände im Schoß, irgendwo dunkel seine noch schlafende Lust. Sie stellte das Glas auf den Nachttisch, hakte sich mit dem Ellbogen über seinen Oberschenkel und schob den Kopf zu seinem Knie. Wenig Geruch nach ihm, nur Haut, die jedem Mann gehören konnte. Ihr Ellbogen suchte nach seiner Senke. Ihr Arm hob sich, spannte sich. Unter der Achsel führten die Konturen ihrer Brust weg. Sie legte die Hand über sein Geschlecht. Sie spielte mit dem

Ausweichen der zarten Gewichte. Sie legte zwei Finger an sein Glied, drehte, als suche sie eine Station im Radio. Sie lachte.

»Warum lachst du, hm?«

»Kann ich nicht sagen.«

»Geht's dir gut?« fragte er noch.

»Ja«, sagte sie. »Jaaa –.« Leise, lang.

Sie grub sanft nach ihm, spürte einen Puppenarm in ihrer Hand liegen, hielt ihn fest. Ihre Finger drückten unregelmäßige kleine Melodien, eine stumme Musik. In ihm drin horchte etwas auf. Etwas reckte sich, weil es nicht genau verstanden hatte, was da sang oder spielte oder strich. Er saß in der gleichen Position, halb zu ihr gebeugt. Er ließ sie gewähren, ließ sich Namen geben.

Er atmete tief ein, schob sie zur Seite, weiter hinein ins Bett. Er legte sich zu ihr mit dem Kopf am Bettende, die Füße auf ihrem Kissen. Sie drückte die Lippen auf seine Unterschenkel. Ihr Arm war ausgestreckt, die Hand wachte über seinem pochenden zweiten Herz. Ohne ihn anzusehen, ohne von ihm angesehen zu werden, band sie ihn an ihre Hand. Wenn sie die Hand für einen Augenblick hob, stieß er nach. Schloß sie die Finger wieder um ihn, spürte sie, wie er Maß nahm an ihrer Hand. Es war, als setze er zu einem eigenen, unhörbaren Gesang an, der den Raum schwer machte. Diese Stille trug das Wissen von einem Ziel, das Warten auf etwas, das schon im Raum war und nur noch in einem beliebig langen, beliebig kurzen Hinauszögern angespielt werden mußte.

Sie richtete sich auf, kniete, setzte sich auf ihre Fersen. Sie fühlte, daß alles, die ganze Welt in ihr, im Gleichgewicht war und wie sich dieses Gleichgewicht nun über ihn beugte. Ihre Ruhe, ihre Gewißheit, daß er sie liebte, beugte sich mit über ihn. Keine Bewegung, die einer von ihnen machen könnte, würde einer Bewegung des anderen widersprechen. Oder höchstens im Spaß zuwiderlaufen, so, wie sie einander mit ihren Wortspielen, ihren bewußten Mißverständnissen durch die Sprache jagten, bis sie erschöpft lachten. Sie bedeckte seine Scham mit ihren Händen, beschützte ihn. Sie hütete sein Geheimnis, von dem nur sie wissen sollte. Sobald er bei ihr war, trug er dieses Geheimnis in sich. Verließ er sie und fuhr er zurück in seine offene, für alle sichtbare Welt, dann erlosch dieses Geheimnis. Dann war er wieder vernünftig unglücklich, außer Reichweite seiner Wünsche.

Sie legte beide Hände um sein Drängen, sein Fragen, seine Bekräftigung. Er seufzte, zog Luft ein, atmete alle Vorschläge ein, die ihre Hände machten. Er führte ihre angefangenen Gesten in seiner Phantasie weiter. Sie sah ihren Händen zu, den Vorboten des Alters. Die Spinnennetze über den Knöcheln, die noch verschwanden, wenn sie die Hand zur Faust ballte. Die Schrift ihrer Venen – ein H, dessen rechter Balken zu einem Ypsilon gehörte, das in ihr Handgelenk auslief. Ein sausender, jagender Schmerz trennte ihre rechte Hand plötzlich vom Unterarm ab. Sie öffnete und schloß sie ein paarmal.

»Ein Krampf«, sagte sie. »Schreck dich nicht.«

Vor dem Fenster zitterte das messinggelbe Laub einer Birke, kleine Blätter wie Münzen. Kopeken, dachte sie. Sie meinte plötzlich den Geschmack solch eines Metallplättchens auf der Zunge zu spüren. Auf dem Flur hielt der Lift, jemand ging an ihrem Zimmer vorbei und klickte sein Türschloß mit der Karte auf. Die Löcher in diesen Karten bedeuteten auch die verschlüsselte Geschichte, jede ganz persönliche Geschichte zwischen Ankunft und Abreise. Der Nachbar hängte mit zuviel Schwung seinen Mantel auf die Aluminiumstange.

Er bemerkte gar nichts, schien mit allen Sinnen zu

schlafen außer dem einen, der ihrer linken Hand hörig war. Sie legte ihre andere, schmerzende Hand mit dem Rücken auf seinen Oberschenkel, kühlte den lauer werdenden Schmerz. Mit der linken Hand strich sie sein Schamhaar auseinander. Sie gab ihm das Gefühl, freigelegt zu werden. Sie sah, wie ihn das mit Erwartung füllte und wie die Erwartung ihr noch nicht ganz vertraute. Eine Ahnung von Mißlingen streifte sie, als brauchte es nur wenig und die bösen Zufälle kreuzten sich über ihnen und zögen alle Kraft, allen Glauben an die eigene Lust ab. Dabei liebte er sie doch gerade für ihre Sicherheit. Sie versuchte, dem Unglücksengel auf die Spur zu kommen, der ihr diese Gedanken zugeweht hatte. Der Mann im Nebenzimmer. Der Kleiderhaken. Das Geräusch. Die dünnen Wände mancher Hotelzimmer. Ihr leises, hilfloses Weinen damals ... auf einer grünrosa gemusterten Bettdecke ...

»Scheißmänner.«

Sie hatte sich ins Taxi fallen lassen, den Namen des Hotels genannt. Sie war in Joachims Stadt. Sie verließ eine verlorene Schlacht. In dem hell erleuchteten Haus hielt jemand einen Vortrag über die russische Emigration in London. Es mußte nicht sein, daß man Joachims Frau über den Weg lief. Warum hatte er ihr gesagt, daß er zu diesem Vortrag gehen würde? Weil er beim Frühstück nicht lügen konnte. Wieso lügen? Nur noch nicht genau wissen, ob sein Kollege aus London kommen und er mit ihm essen gehen würde. Im Taxi war es dunkel. Die roten Digitalziffern sprangen weiter. Joachims Frau hörte sich den Beginn des Vortrags an, während sie mit Joachim im Foyer stand und über diesen Abend verhandelte. Sie machte ihm keine Szene. Sie stand nur hinter ihren Tränen da.

»Ich kann sie nicht allein drin sitzen lassen.«
»Du hättest ihr gar nichts davon sagen sollen.«

»Bitte, Liebe, sei vernünftig.«

Es war nicht einfach ein Abend, eine Nacht. Es war ein Abend von ganz wenigen Abenden. Sie begriff nicht, wie er sich selbst so verraten, seine Lebensfreude so verleugnen konnte. Sie wußte nicht, wie sie ihn mit gedämpfter Stimme, unter der Aufsicht eines Portiers, der dauernd einen Kalender auf seinem Tisch hin- und herschob, überzeugen könnte, daß es sinnlos war, sich für das falsche Leben zu opfern. Es würde ihm nicht gedankt werden, keine Frucht tragen. Es würde das bloße Weitermachen sein, sonst nichts. Was war besser – jemanden aus Leidenschaft zu verletzen oder aus Pflichtgefühl?

Die Taxifahrerin war so jung.

»Haben Sie keine Angst allein, nachts?« fragte sie, dann kenterte ihre Stimme.

»Das einzig Gefährliche sind die anderen Autofahrer«, sagte das Mädchen. »Außerdem kann ich über Satellit sofort ausfindig gemacht werden.«

Sie schneuzte sich in ihr feuchtes, weiches Taschentuch. Sie wollte fragen, wie das möglich sei, über Satellit. Sie dachte, Joachim, ich wünsche mir, daß du glücklich sein willst. Nicht bloß anständig, was immer das sein mag. Es reicht nicht. Ein Rettungswagen fuhr so schnell an ihnen vorüber, daß sein Signalhorn wie ein Lachen klang. Sie wehrte sich gegen die Bilder von Joachims Nähe, sein Kopf an ihren Kopf gelehnt, Wange an Wange, die Wimpern flüstern miteinander. Dann wieder sein schweißnasser, tief in seiner Lust beheimateter Körper, der sich an sie preßte, sie mit seinem nassen Bauch breit stempelte, für immer zeichnete. So gültig, daß man ihr die Haut abziehen müßte, sollte das vergehen.

»Scheißmänner!«

»Im Handschuhfach sind Taschentücher.«

Sie schämte sich vor der jungen Frau, aber sie konnte nichts gegen ihr Weinen tun. Sie wollte am liebsten nichts mehr von sich wissen. Den Kopf auf die Konsole des Wagens legen, den Arm drum herum, sich abschließen und doch jede Sekunde wissen, daß draußen die Welt weitergeht, genauso falsch weitergeht. Sie sah sich als Schülerin auf der Schulbank liegen und weinen, den Kopf nur unvollständig unter den Armen verborgen. Sie hatte bei ihrem liebsten Lehrer einen Quartsextakkord singen sollen und keinen Ton getroffen. Er hatte leise, helfend mitgesungen, hatte ihre Stimme auf die richtige Höhe tragen wollen, und seine zärtliche Rüge bestand aus nichts anderem als diesem richtigen Summen. Die Lippen weich geschlossen, hatte er seinen Kopf vorgereckt und gesummt. Sie war in ihre Bank zurückgeschlichen und hatte sich vergraben. Sie hatte geglaubt, nie wieder aufblicken zu können. Die Stunde dauerte endlos. Sie drückte ihre Stirn gegen das Holz des Schultisches, roch den Geruch nach Schule, Tinte, hörte einzelne Stimmen, wie sie sangen und redeten und lachten, und immer wieder das Bitten des Lehrers, sie möge sich doch nicht so kränken. Ihre Arme waren zu dünn. Aus ihrer Nase rann der Rotz. Sie schämte sich, das Holz gab nicht nach.

Sie dachte, daß man als Kind seine ganze Würde verlor, wenn man sich so schämte. Joachim saß nun schon neben seiner Frau und hörte den Geschichten aus der Emigration zu. Er würde nie verstehen, was in ihr in Trümmer sank, wenn er sich so gegen sie entschied. Sie wäre auch mit ihm in diesen Vortrag gegangen, solange die paar Stunden danach ihnen gehörten. Natürlich gab es Krieg, Folter, Krankheit. Warum sollte das kleinmütig sein, egoistisch, wenn sie sagte: ich will heute abend noch mit dir zusammen sein? Wenn sie, ohne Krieg, ohne Folter, ohne Krankheit, auf ihrem Beisammensein bestand? Die tragischen Leben anderer ... eine bequeme Ausrede, das, was er geben könnte, zu verweigern. Erzähl mir nichts mehr von Ehepaaren, die einander nach vierzig Jahren Trennung wiedersahen, dachte sie. Ich will dich jetzt. In vierzig Jahren bin ich seit vierzig Jahren tot.

»Sie sollten in die Hotelbar gehen und einen doppelten Whisky nehmen«, sagte die Taxifahrerin. Sie waren vor dem Hotel angelangt.

»Wissen Sie was, wir kippen jetzt gemeinsam einen. Ich geh noch mit Ihnen rein.«

Sie setzten sich in eine dunkle Ecke der Bar. Die Taxifahrerin war Architekturstudentin.

»Manches darf man nicht wollen. Ich könnte jetzt mal grob die Summe ziehen und sagen: Das Verbot der Genmanipulation hat uns die letzte Chance genommen, daß aus Männern noch etwas Brauchbares wird. Aber das hilft auch nicht weiter. Ich sage, wir dürfen uns nicht quälen lassen, indem wir uns etwas wünschen, was man von ihnen nicht haben kann. Ich kannte mal einen Dozenten ... auf japanische Architektur spezialisiert! Der saß ein Jahr mit seinen langen, verkreuzten Beinen an einem winzigen Arbeitstisch in Tokio und studierte die Werke des Meisters. Kazuo Shinohara. Er würde sagen Shinohara Kazuo, weil die Japaner ... issegal ... er schrieb eine Arbeit über Shinohara, die hieß *In Vorbereitung auf den vierten Raum*. Dreidimensional war nicht gut genug. Okay. Der besondere Tick von Shinohara war die Sichtbetonbauweise. Ich hör mich noch zu meinen Kollegen darüber reden ... Sichtbetonbauweise ... sprach das immer mit einem kleinen Schauder aus, als sei es eine perverse Praxis meines Dozenten, die demnächst ganz modern und gefragt sein würde. Ich tippte ihm einen Teil seiner Arbeit ins reine. Mein Lieblingskapitel handelte vom *Haus unter einer Hoch-*

spannungsleitung. An Hand dieses frühen Beispiels erklärte mein Dozent die Philosophie Shinoharas. Das Grundstück, auf dem das Haus gebaut wurde, lag unter zwei stromführenden Kabeln, zu denen ein Sicherheitsabstand eingehalten werden mußte. Shinohara stellte das Haus wie einen Transformator auf das Grundstück. Das Dach wurde parallel zu den Kabeln eingekerbt. Dieses Zitat der Hochspannungsleitung nahm er auch in der Innenausstattung wieder auf.«

Die Taxifahrerin suchte in ihrer Brieftasche nach einem Zettel und zeichnete rasch eine Skizze.

»In Japan ist die Stadt immer schon vor dem Menschen da, müssen Sie wissen. Ich tat mein Bestes. Ich las japanische Romane. Konnte mir nie einen Namen merken. Der absolute Höhepunkt war ein Roman, in dem alle Namen mit O anfingen. Okayo, Okiiyo ... kein Spaß! Ogata, Oguku. Wie ein Welpenwurf. Es waren aber Geishas und Freunde des Helden. Man wußte erstmal nie, ist das ein Mann oder eine Frau. Erst wenn sie mit ihren geschwärzten Geishazähnen lächelte. Mein Dozent hatte die Gewohnheit, abends stundenlang durch die Stadt zu gehen. Die Stadt in die Glieder bekommen, nannte er es. Was denken Sie, wie glücklich, wie geehrt ich war, als sich herausstellte, daß meine Wohnung auf einem seiner Gänge lag!«

Sie blickten einander an. Sie wollte allein sein, in ihrem Zimmer oben im elften Stock, und sie fürchtete den Augenblick, da die Taxifahrerin ihr das Stichwort für dieses Alleinsein geben würde.

»Das ging bis in die Schrift. Er hatte so eine Art, in Blockbuchstaben zu schreiben, die gegen den Rand der Zeile zu immer schmaler und höher wurden ... lehnten sich nach rechts, wie die Häuser auf den Bildern von Ludwig Meidner. Ich begann auch so zu schreiben. Irre.«

Sie wollte das Ende der Geschichte nicht hören. Das hatte nichts mit Liebe zu tun, hatte nichts mit ihrer Liebe zu Joachim gemeinsam.

Kaum war sie in ihrem Zimmer, warf sie sich auf das Bett, schaltete den Fernseher ein, damit man sie nicht höre, und weinte.

»Was ist, Liebe?«

* * *

»Was ist, Gudrun? Was haben Sie?«
»Wollen Sie das wirklich wissen?«
»Ja.«
Es war im Oktober gewesen. Gudrun war zu dem Vortrag eines amerikanischen Literaturwissenschafters gegangen, der sein Buch über Mark Twains Aufenthalt in Wien präsentierte. In der Reihe vor ihr nahm ein Mann Platz, der sich zu ihr umdrehte, während er seinen Stuhl zurechtrückte. Sein Blick fiel auf sie, ein paar Sekunden lang, so fest und sicher, als meinte er wirklich nur sie. Sie hatte ihn noch nie gesehen. Er war gegen fünfzig. Sie sah seine Wange im Halbprofil, den Mundwinkel, sein Ohr, die gerötete Haut hinter dem Ohr, den Bügel der Brille, die sich an seinen Kopf schmiegte, das dichte, grauweiße Haar. Sie mußte immer wieder die Augen schließen oder sich zwingen, auf ihre Knie zu blicken, um diesen Galopp aufzuhalten. Worte, die noch keine konkrete Bedeutung hatten, die nur als Traum oder als Ahnung vorhanden waren, reihten sich in ihrem Kopf so aneinander, daß sie sich an diesen Mann richteten. Eine große Suche hatte plötzlich in ihr eingesetzt, mit dem Ziel, diesen Mann zu erkennen. Gleichzeitig las ihre Wahrnehmung seine Bewegungen

als Botschaften an sie. Sein rechter Fuß scharrte kurz: er vergewisserte sich, daß sie noch hinter ihm sitze. Er nahm seine Brille ab und setzte sie wieder auf: er dachte über sie nach. Sie versuchte, sich von ihren verrückt spielenden Sinnen zu distanzieren, aber eigentlich wollte sie gar nicht. Von dem Vortrag bekam sie nur halbe Wahrheiten mit, die nichts miteinander zu tun hatten. Mark Twain hatte in Wien ein Jahr lang nicht gebadet. Das Publikum lachte, der Mann lachte, sein Lachen suchte ihres. Sie hatte sich nicht getäuscht.

Als der Vortrag zu Ende war, hörte Gudrun den Mann vor ihr reden ... von Freud und der Aufgabe seiner Verführungstheorie 1897, dem Jahr, in dem Twain in Wien ... oder Twain mit Freud ... Er war Deutscher. Was er sagte, klang in diesem Saal in Wien, als habe er jedes Wort zuvor gewaschen.

Während der Diskussion hatte sie das Gefühl, von seiner Aufmerksamkeit getrennt zu sein. Leute im Saal erhoben mit ihren Einwänden Anspruch auf ihn. Sie hatte nichts zu sagen. Seine Hand strich über den Hinterkopf, blieb ein paar Sekunden dort liegen. Der Vortragende steckte sein Buch in die Aktentasche. Der Deutsche wurde von einem schräg vor ihm Sitzenden begrüßt, sie standen gleichzeitig auf und verschwanden in einem Gespräch. Im angrenzenden Raum gab es ein Büffet. Gudrun sah sich um, ob sie jemanden kenne.

Die Forellenmousse hinterließ einen weißen Rand auf den Lippen. Gudrun beobachtete zwei Männer, die unbekümmert miteinander redeten. Sie tupfte sich die Lippen ab, den Teller mit dem Weinglas darauf zwischen die Finger der anderen Hand geklemmt. Jemand stieß sie von hinten. Eine Hand hielt ihren Teller mit, beruhigte das Weinglas.

»Vielen Dank«, sagte sie. »Sie waren meine Rettung.«
»*Ree*-tung heißt das in Wien.«

»Sie übertreiben. So arg sagt das hier niemand.«
»Doch.«
Sie wußte noch nicht, daß das er war – dieses *doch*. So halb krächzend, als ringe es mit einem Lachen. In diesem kurzen Wort war alles zugleich vorhanden: der Widerspruch und die Aufforderung, ihn zu überzeugen. Sie taumelte nicht durch diese ersten Minuten, sie stand einfach da, war die, die sie immer war, und spürte, daß etwas in ihr bereit war, mehr zu geben. Es kam nur darauf an, ob man das ernst nahm. Etwas außer der Ordnung geschah, aber es war nicht Zeit, es zu bedenken. Es wurde lauter um sie. Der Mann beugte seinen Kopf zu ihr. Sie sah seine schwarzen Wimpern, die unordentlichen Augenbrauen. Sie sah die leicht geröteten Wangen, die kleinen Strähnen weißen Haars unter dem Brillenbügel. Die von Bartpunkten freie schmale Zone über der Oberlippe, die Mundwinkel, in denen sein Trotz sitzen mochte, böse Abende, aber auch sein Lachen fing dort an. Sie sagten einander die ersten Sätze, fütterten ihr Warten, ihre Sehnsucht, von der sie noch nichts wußten. Sie halfen einander in dieser Katastrophe der wundervollen Begegnung.
»Joachim Frank.«
»Gudrun Koch.«
Er hatte in Wien zwei Semester Medizin studiert. Dann war auch sein Vater – »Ist Ihr Vater Arzt?« – überzeugt, daß es besser sei, zurück nach Deutschland zu gehen, um Anglistik zu studieren. Im Nebenfach Slawistik.
»Was nicht sagen will, daß ich die österreichische Lebenslust nicht vermißt habe.«
Er stellte Kulissen auf. Er lud sie ein, vor diesen bemalten Landschaften zu spielen. Er gab ihr einen Hintergrund. Sie war *die Österreicherin*. Für sie war es selten wichtig gewesen, woher sie kam. Plötzlich hatte sie

eine unüberschaubare Geschichte im Rücken, die ihr gehörte, aus deren Fundus sie sich bedienen konnte. Sie nahmen es noch als small talk und verrieten einander doch schon Geheimnisse.

»Ghostwriting! Das würde ich eher den schwarzen Wissenschaften zuordnen«, sagte er. »Aber es ist wahrscheinlich ganz korrekt und nüchtern, mit Steuerbescheiden, Terminkalendern, Ablageschränken. Trotzdem stelle ich mir darunter etwas Hexenhaftes vor – mit geheimen alten Wörterbüchern –«

» – in denen man Begriffe wie ›Kaufkraftparität‹ und ›Wohlstandsgefälle‹ findet –«

»Ge-nau.«

Sie sah seinen Ehering. Er trug ihn an der linken Hand. Vielleicht eine Marotte des Anglisten. Vielleicht paßte er nicht mehr auf den Finger der rechten Hand. Das schwarze Leder seines Uhrbands war brüchig. Er nahm einen Schluck Wein und schloß die Augen dabei.

»Was noch alles?« fragte er.

»Berichte für Parlamentsausschüsse –«

»Reden –«

»Vor kurzem schrieb ich einen Vortrag für einen Funktionär des Wirtschaftsbundes. Über die Privatisierung in Estland. Eine grobe Gliederung lag bei. Für den eher trockenen Teil ›Internationale Ausschreibung von Industriebetrieben‹ hatte er sich die eine oder andere humorvolle Bemerkung gewünscht.«

»Und wie hieß die dann?«

»Mir fiel nichts ein –«

»*Auf der Westentasche liegen...*«

»Ganz schlecht.«

»Ich weiß.«

»Dann habe ich da einen alten Mann –«

»Ach ja?«

»Er hat auf eine Annonce geantwortet. Dame sucht älteren Herrn für Briefkonversation. Als sie ihm zurückschrieb, bekam er es mit der Angst. Aber gereizt hat es ihn doch, also rief er bei uns an.«

»Wer sind *wir*?«

»Meine Freundin Lydia und ich – wir hatten …«

»Und der alte Mann rief einfach bei Ihnen an und bat Sie, ihm bei diesem Abenteuer behilflich zu sein? Das ist großartig!«

»Er ist neunundsiebzig.«

»Und die Frau?«

»Das ist es ja. Wir wissen es nicht.«

»Wurden keine Fotos ausgetauscht?«

»Doch. Sie hat als erste eines geschickt. Ein Schwarzweißbild, wahrscheinlich aus den fünfziger Jahren. Sie ist darauf als Flamencotänzerin verkleidet … so um die dreißig, sehr flott, ein Bein auf dem Sessel … üppige schwarze Haare mit einer großen Spange festgesteckt, ein Arm auf dem Bein aufgestützt, der andere hängt hinunter mit einem frechen Knick im Handgelenk, sie hält einen Fächer, der sich nach hinten spreizt –«

»Sie haben das Foto genau studiert –«

»Wie die Detektive sind wir darüber gesessen und haben versucht, Schlüsse zu ziehen.«

»Hat er sie nie angerufen? Ist er nie zu ihr gefahren?«

»Das würde er nicht tun. Er würde nie ihre Grenzen verletzen wollen.«

»Sehr nobel. Was war er denn von Beruf?«

»Ingenieur in einem Chemiebetrieb. Als er das Foto bekam, sagte er: ›Ich werde einfach eins aussuchen, das dazupaßt. Ich verrate auch nicht, wie ich jetzt aussehe.‹ Wir blätterten in seinen Alben. Er wollte ihr ein Foto schicken, das ihn bei seiner Arbeit zeigt, aber da gibt es fast nichts. Auf einem steht er in seinem Labor, im weißen Mantel, in der Hand hält er eine Eprouvette, wie eine jämmerliche kleine Trophäe. Er beugt sich ein wenig vor und sieht aus, als sei er schwerhörig, habe eine Aufforderung des Fotografen nicht verstanden. Ich habe ihn dann zu einem anderen Bild überredet. Da ist er etwa vierzig, lehnt sich an die offene Tür seines VW-Käfers auf einer Bergstraße, in der Nähe des Gardasees.«

»Und was schreiben Sie da für ihn? Welche Worte *legen Sie ihm auf die Zunge?*«

Sie hätte ihm gerne mehr erzählt. Sie bewahrte seine Frage auf, als sich die Wiener Anglisten, die den Twain-Spezialisten eingeladen hatten, zwischen sie und Joachim Frank drängten. Sie trug seine Frage mit in das Lokal, das sie alle miteinander aufsuchten.

»Das wäre eine Geschichte für Ihr Buch«, sagte Kuzmanek, der Vorstand des anglistischen Instituts. »Die Mutter von Anne Sextons erstem Therapeuten kam aus Wien, höre ich gerade. Martha Brunner. Vielleicht hat sie sogar die beiden Ärzte gekannt, bei denen Williams 1924 seine Privatstudien betrieb.«

Joachim Frank mußte noch einmal erklären, daß er ein Buch über die Beziehung Wiener Ärzte zu englischsprachigen Autoren schrieb.

»Williams hat mehrmals im Alten Rathauskeller gegessen«, sagte er. »Immer Schweinebraten mit Sauerkraut. Und dazu Gumpoldskirchner.«

»Dann hätten wir dorthin essen gehen sollen«, sagte Frau Kuzmanek. »War Joyce eigentlich je in Wien? Das müßte doch eine hübsche Kombination ergeben haben.«

»Vor ein paar Jahren war ich in Dublin«, sagte Frank zu Frau Kuzmanek gewandt und dann gleich zu Gudrun, »ein Taxifahrer erzählte mir, sie hätten eben eine Ausstellung chinesischer Tonritter, aus dem Riesengrab, Sie wissen schon. Sie hatten eine kleine Abordnung von zwei Pferden für Dublin bekommen. Was passierte? Dem einen Pferd wurde sogleich der Kopf abgebrochen. ›That's the Oirish‹, sagte der Taxifahrer.«

Alle lachten.

»Waren Sie schon einmal in Irland?«

Ich war –, dachte Gudrun.

»Wir kennen Donegal besser als das Burgenland«, sagte Frau Kuzmanek.

Gudrun saß zurückgelehnt neben Frank, sah ihm zu, wie er ein Stück Rindfleisch aufspießte. Er erzählte jetzt von Robert Lowell und seinem manischen Zusammenbruch bei den Salzburger Seminaren 1952.

»Er wurde ins amerikanische Militärhospital eingeliefert. Der Kriegsdienstverweigerer im Militärhospital! Die sechs Räume für randalierende Kranke waren belegt, also mußte Lowell nach München gebracht werden.«

Er zeigte mit der Gabel die Fahrt Lowells von Salzburg nach München. Das Fleisch wird kalt, dachte Gudrun. Er sah so ernst aus.

»Man macht sich keine Vorstellung, was für ein Leben das war.«

»Aber für die, die mit ihm gelebt haben, war es gewiß noch schlimmer«, sagte Frau Kuzmanek.

»Im Grunde genommen«, sagte Kuzmanek, »vertrat Lowell mitten im kapitalistischen Amerika eine romantische Genieposition. Er war der Aristokrat der Ostküste, er hatte die literarische Dynastie der Lowells weiterzuführen, und er zweifelte keinen Augenblick daran, daß er der beste amerikanische Lyriker seiner Zeit war. Und er jagte alle seine Freunde durch diese Hitliste. Lesen Sie mal die Rezensionen aus der Zeit. Mit jedem Gedicht wurde man klassifiziert, oh, hier ist Lowell nur der zweitbeste Dichter, den wir haben, aber mit diesem Gedicht gewinnt er seinen Rang mühelos wieder zurück, und Berryman liegt mit seinem neuen Band ganz klar hinter Lowell und auch noch hinter Randall Jarrell.«

Gudrun atmete auf, als Kuzmanek zu Ende gesprochen hatte.

»Sie wissen, wie Jarrell ums Leben gekommen ist«, sagte Kuzmanek. »Er lief auf einem Highway in ein Auto.«

»So etwas ist verantwortungslos«, sagte Frau Kuzmanek. »Wie kommt man denn dazu, als Autofahrer?«

Joachim Frank sagte leise zu Gudrun, er fühle sich nicht ganz wohl, wenn hier so leichthin über das Ende von Lebensgeschichten gesprochen werde.

»Zum einen weiß man viel zuwenig darüber, was der letzte auslösende Gedanke war, welche Schlußfolgerung ... zum anderen verstellt das, was man zum Beispiel aus Therapieprotokollen erfährt, wie es bei Anne Sexton der Fall ist, das Bild. Sie versinkt in dem Material, sie versinkt in den Deutungen, es wird nahezu alles austauschbar. Aber was wirklich den Schmerz ausgemacht hat – wie sie das spürte ... das wird man nie wissen. Man wird nie einen anderen Menschen in seinen extremen Gefühlsstimmungen verstehen können. Man weiß ja nicht einmal, wie die Gefühlsskala eines andern geeicht ist. Man bleibt sich fremd.«

Gudrun neigte sich ihm innerlich zu, seinem verantwortungsvollen Reden über Schicksale. Das Wort Schicksal bekam neuen Sinn, wenn er so behutsam Möglichkeiten nebeneinanderstellte. So als überlasse er es der Person, sich auszusuchen, wie über sie gesprochen werden solle. Sie hatte das Gefühl, er könne niemanden verletzen. Sie wünschte sich, er würde sie besser kennen und jemandem von ihr erzählen.

»Aber daß sie nicht bei ihr geblieben sind, das verstehe ich nicht«, sagte eine Frau neben Kuzmanek, die Gudrun nicht kannte. »Die Woolfs waren am Vorabend bei ihr, die letzten Besucher, und Virginia ist mit Carrington in ihrem Zimmer gestanden und hat gewußt, daß Carrington verzweifelt war, daß sie den Tod von Strachey nicht überwinden würde. Sie hat es gewußt. Sie muß es gespürt haben. Und als sie weggingen, sagte Virginia Woolf: ›Also du kommst uns nächste Woche besuchen – oder nicht – ganz wie du willst?‹ Und Carrington sagte: ›Ja, ich werde kommen, oder nicht.‹ Am nächsten Morgen erschoß sie sich.«

Gudrun schaute auf ihre Uhr.

»Ich werde mich verabschieden«, sagte sie.

»Warten Sie«, sagte Joachim Frank. »Wir können ein Stück gemeinsam im Taxi fahren.«

»Das stimmt.«

Sie hatte keine Ahnung, wo er wohnte. Sein halbes Lügen war wie eine versteckte Zärtlichkeit, und sie gab sie ihm zurück. Sie hörte den anderen schon nicht mehr richtig zu, ihren Versuchen, sie zum Hierbleiben zu überreden, mit denen sie doch ihn meinten.

»Was ist, Gudrun? Was haben Sie?« fragte er sie draußen.

»Wollen Sie das wirklich wissen?«

»Ja.«

»Meine Freundin Lydia hat sich vor zwei Monaten umgebracht.«

Sie steckte die Fäuste in die Manteltaschen, zog ihre Schultern hoch. Sie fror. Er legte ihr den Arm um die Schulter, drückte durch den dicken Mantelstoff. Sie spürte die kalte Luft auf ihrem Gesicht, und doch kam ihr vor, sie brauche noch etwas anderes als diese Luft, eine stärkere Luft, in der genug Kraft für ihre süchtigen Lungen, ihren süchtigen Kopf wäre. Es war ihr, als stellten alle Zellen Fragen. Was wird aus diesem Abend? Was wird mit diesem Mann? Sie schritten nebeneinander her, niemand sollte ihnen nachlaufen können. Er führte sie irgendwohin, wo sie ihm von Lydia erzählen würde. Warum? Weil es ihn interessierte. Weil *sie* ihn interessierte. Er hatte ihren plötzlich aufgetauchten Schmerz an der Hand genommen. Sie fühlte sich getröstet von seiner Entschlossenheit, ihr zuzuhören.

»Ja,« sagte er und blieb stehen. »Was machen wir? Wollen Sie noch etwas trinken?«

Sie waren auf dem Franziskanerplatz. Er drängte sie sanft ins Dunkel, legte ihr beide Hände auf die Schultern, zog sie zu sich oder flüchtete mit seinem Gesicht an ihre Wange, daß niemand sie sehe. Sie spürte seine Wange an der ihren, sie roch am Kragen seines Mantels den Gasthausgeruch und darunter leise ihn. Daß er so bei ihr stand, daß er wen immer jetzt beiseite ließ, seine Rücksichten diesem Verlangen nachordnete ... sie spürte, wie sie bei diesen raschen Entscheidungen lebendig wurde, wie das ihre Gedanken antrieb, so daß plötzlich *mehr Leben* in ihr Platz hatte. Er küßte sie, er hauchte ihr einen Gruß aus seinem unbekannten Leben, aus seinem unbekannten Körper auf die Wange. Er holte ihre Hand aus der Manteltasche und drückte seine Lippen auf ihre Handinnenfläche. Er küßte ihr Handgelenk, ihren Puls.

»Ja, gehen wir noch etwas trinken«, sagte sie. »Ich weiß, wohin.«

Er legte wieder den Arm um sie, führte sie ab und ließ sich führen. Sie gingen mit vielen kleinen Berührungen weiter, interessiert aneinander, und diese Bereitschaft, dem anderen zu glauben, was er von sich erzählte, breitete sich aus. Sie wußte, daß sie beide wiedererkannten, was sie machten. Es war ihnen schon so oft gezeigt worden, von Lieblingsschauspielern und von solchen, die sie nicht mochten und von deren Gehabe sie sich abgewandt hatten. Sie wählten Gesten aus dem Repertoire, übernahmen halbbewußt Verantwortung für das, was sich da zu ihrem eigenen Stil zusammenfand. Mochten sich auch Begriffe anbiedern – romantisch, sentimental, kitschig –, sie wehrten sich tapfer dagegen. Niemand anders sollte dabeisein, der sie desavouieren könnte, der als Zeuge ihrer Unglaubwürdigkeit, ihrer Eitelkeit, ihrer Unehrlichkeit auftreten würde. Die Sprache eines Dritten über einen von ihnen könnte nie genau genug sein.

Gudrun dachte an Lydia, die einem neuen Mann in ihrem Leben von vornherein alles verzieh, was er bisher falsch gemacht hatte und wovor gemeinsame Bekannte sie warnten. Lydia hatte an das Gute im Menschen geglaubt, an die Stelle in einer fremden Seele, wo jemand tatsächlich nichts anderes war als »der Sohn seiner Mutter« und also ein ihrer Liebe würdiges Geschöpf. So war er zwar ein unbeschriebenes Blatt, aber das widersprach nicht der Notwendigkeit, ihn zu erlösen. Der Satz »Ach hätte ich dich nur früher kennengelernt!« war ein Prädikat, das eine unsichtbare Kommission in diesen Männern Lydia häufig verlieh.

Gudrun blieb stehen. Joachim Frank schaute sie an, so bereit, so willig, so dankbar, so freundlich. Sie hatte das Gefühl, er sei nur zu guten Gedanken fähig.

»Wie geht es Ihnen?« fragte er.

»Gut. Gut geht's mir. Und Ihnen?«

Er nickte.

»Auch. Gut.« Er mußte über die zwei Wörter lachen. Sie lachte mit ihm.

»Jetzt weiß ich, wie Geister lachen«, sagte er.

Sie hatten noch ein paar Gassen weit zu gehen. Er wollte mehr über den Briefwechsel zwischen dem alten Mann und seiner Freundin wissen. Ob sie sich eher in den alten Mann hineinversetze oder in die Frau. Ob sie dem Mann Einsichten unterschiebe, die er gar nicht haben könne. Und ob sich die Brieffreundin nicht längst fragen müsse, woher dieser Mann sein Wissen über die weibliche Psyche habe. Doch, natürlich gebe es so etwas wie *die* weibliche Psyche.

»Und wie ist die Ihrer Meinung nach?«
»Hingebungsvoll«, sagte er.
»Weiter.«
»Leidenschaftlich.«
»Weiter.«
»Frauen gehen nur über Personen an Wissen heran.«
»Ja und? Ist das schlecht?«
»Nein. Sie können nur kein sachliches Interesse entwickeln.«
»Sie haben ganz recht. Ich würde mich zum Beispiel nur einem Mann zuliebe für Münzen interessieren, die wie verbrannte Weihnachtskekse aussehen und das pockennarbige Gesicht eines Pater familias zeigen, der seine Töchter nach der Geburt umbringen ließ!«
»Wie kommen Sie jetzt auf Numismatik?«

In dem warmgeredeten Lokal beschlug sich seine Brille. Er nahm sie ab. Er drückte mit Daumen und Zeigefinger auf seine Nasenwurzel, wo die zwei roten Male glänzten, und schüttelte den Kopf. Es sah aus, als müßte er sich noch besinnen, ehe er mit ihr zu reden begänne. Sie meinte ihn schon berührt zu haben, so genau fühlte sie in ihren eigenen Fingern die Druckstelle mit der erhitzten Haut, den Höcker darunter. Er stützte beide Ellbogen auf, faltete die Hände über Nase und Mund, schloß die Augen, saß vor ihr mit niedergeschlagenen Lidern und blickte sie doch an. Sein Warten blickte sie an. Dann öffnete er mit einem tiefen Seufzen die Augen.

Er tupfte auf ihre Finger.

»Wir müssen etwas bestellen«, sagte er.

Die Kellnerin beugte sich zu Gudrun hinunter, als müsse sie sich nach ihrem Befinden erkundigen.

»Einen halben Liter Riesling«, schlug er vor.

Ihre Geschichte hörte nicht auf zu beginnen. Als er Gudrun nach Lydia fragte – »Wie war das mit Ihrer Freundin?« –, fing sein Interesse für ihre Umgebung an. Als er sie fragte: »Wollen Sie es mir erzählen?«, fing sein tröstendes Zuhören an.

»Lydias Vater rief mich an. Ich kannte ihn nicht. Lydia hatte ihn seit Jahren nicht mehr gesehen. Er bat mich, mit ihm in die Wohnung zu fahren. Wir trafen uns im Hof. Er stand dort mit der Hausbesorgerin. Auf den Boden war ein Schattenriß gezeichnet, weiße Linien. Ich dachte, wie von einem Medizinmann, geheimnisvolle Linien, die etwas über Lydia sagen ... dann sah ich etwas Buntes, das nicht in den Hof paßte, bei den Abfalltonnen, halb verdeckt. Ich ging hin. Ich erkannte ihn gleich. Es war einer von Lydias mexikanischen Ohrklipsen mit den Federn. Er mußte sich ... gelöst haben und über das Pflaster geschlittert sein. Ich nahm ihn und steckte ihn in die Tasche. Ich wollte nicht, daß Lydias Vater ihn sah. Dann stiegen wir vorsichtig durch den Flur. Die Hausbesorgerin hatte gerade aufgewaschen, der Boden war noch naß. Wir bemühten uns, nicht auf die feuchten Streifen zu treten. Ich dachte, wir pirschen uns an.«

Die Kellnerin stellte die Karaffe mit dem Wein und zwei Gläser auf den Tisch. Frank schenkte ein. Er legte seine beiden Hände über Gudruns Hände.

»Ich wußte, daß er sie nie in dieser Wohnung besucht hatte. Er suchte den Lift, er stand mir mit dem Schlüssel in der Hand gegenüber, als wir hochfuhren. Für ihn war alles neu. Aber er gab mir den Schlüssel nicht. Er suchte die Tür, er sperrte auf. Suchte den Lichtschalter. Der Flur war dunkel. Ihr Mantel hing dort. Sie hatte ihn vielleicht aus der Reinigung geholt. Es war noch zu früh für den Wintermantel. Er griff den Ärmel

an und hielt ihn eine Weile fest. Ich sah, wie er die römischen Ziffern, die das Muster bildeten, zu lesen versuchte. Ich hätte es ihm sagen können. 1988.«
»Was heißt das – 1988?«
»Damals hat sie den Mantel gekauft und –. Das war so ein Modegag. Ich ging dann ins Wohnzimmer voraus, ich kam mir vor, als zeige ich einem neuen Mieter die Wohnung. Ich wußte ja über alles Bescheid, ich hätte Lydias Vater alles erklären können. Über die Wohnung. Über Lydia. Ein paar Sonnenstrahlen fielen durchs Fenster. Ich wußte, daß dort draußen in der Ferne die Türme standen. Lydia war so stolz auf die Türme. ›Immer, wenn ich hinausschaue, lehnen sie sich zueinander, als wollte ich ein Foto von ihnen machen.‹ Ich behielt es für mich. Ich wollte Lydias Vater am liebsten überhaupt nichts erzählen.«
»Hat er Fragen gestellt?«
»Zuerst nicht. Zuerst ist er nur stumm herumgestanden und hat die Einrichtung angeschaut ... als müßte die mit ihm reden, Lydias Thonetsessel, das alte Sofa mit dem abgewetzten Samt, der aussieht wie die Schädelhaut eines Rasierten, eines zum Tode Verurteilten –«
Warum sage ich das, dachte Gudrun. So war's doch nicht. Das ist mir jetzt eingefallen.
»Er stand lange vor dem Plakat mit den Pinseln. Sie liegen nebeneinander und weisen nach oben. Sie sind so groß, daß man sich eine Riesenhand dazu denken muß. Es sind alte Malwerkzeuge, oft verwendet, der Lack an den Holzstielen ist schon abgeblättert. Ein gelber Bleistift ist dabei, mit dem Messer zugespitzt. Die Schreibspitze wie eine Gebirgsschlucht. Und eine verkrustete Tuschefeder, die vorn auseinanderklafft.«
Gudrun nahm einen Schluck.
»Er versuchte, sich ein Bild von ihrem Geschmack zu machen. Das war mein Eindruck, als wir da so stan-

den. Vielleicht tue ich ihm unrecht. Vielleicht kann man in so einer Situation alles tun, und nichts davon ist richtig. Neben ihrer Pinnwand hängt ein japanischer Druck. Er zeigt zwei Libellen, eine grüne und eine blaue. Am Rand eine Leiste mit Schriftzeichen. ›Was heißt das?‹ fragte er mich. Ich wußte es auch nicht. Er sah mich an, als müßte ich es wissen. Als wäre in diesen Zeichen Lydias Geschichte auf eine Formel gebracht. Wahrscheinlich wird er das Bild zu einem Fachmann tragen und nachher auch nicht klüger sein. ›Ich habe mich vor Jahren einmal mit dem Japonismus in der europäischen Kunst befaßt‹, sagte er. Da fiel mir erst wieder ein, daß er Kunsthistoriker ist.«

»Hatte sie ihn nicht gemocht?«

»Nicht gemocht? Sie hatte ihn schon vergessen. Er existierte praktisch nicht mehr für sie. Als ich Lydia kennenlernte, war er schon – weg, vergessen. Sie erzählte nur selten von ihm, immer so, als sei er schon gestorben. Sie hatte abgeschlossen mit ihm. Ist das so unverständlich?«

»Was hatte er ihr getan?«

»Lydia sagte: ›Mein Vater ist eine laufende Kreissäge. Es ist besser, ihm nicht zu nahe zu kommen.‹ Was hatte er ihr getan? Nichts. Er hat sie nicht geschlagen oder mißbraucht. Er war – ich weiß nicht, wie er zu ihr war. Er hat ihre liebsten Dinge verspottet. Er hat über alles endgültig geurteilt. Er hat wie ein Kommandant das Haus betreten. Ich wiederhole ihre Worte. Als er dann neben mir im Wohnzimmer stand, spürte ich diese Schärfe nur ansatzweise, vielleicht nur, weil ich mich an Lydias paar Sätze über ihn erinnerte. Wie er den japanischen Druck von der Wand nahm. Da war Verachtung drin. Verachtung für die oberflächliche japanische Kunst oder so etwas. Ich war mir nicht ganz sicher, was ich für ihn empfand. Mitleid. Haß. Ich wollte nicht, daß er ihren

Schreibtisch inspizierte, Briefe las. Ich hatte das Gefühl, ihr Privatleben ging ihn nichts an. Sie war seine Tochter gewesen, aber der Kellner in der Pizzeria Laterna unten weiß mehr über sie als dieser strenge alte Mann. Was ist ihr Lieblingsdessert? Trinkt sie lieber weißen oder roten Wein? Trinkt sie überhaupt Wein?«

Gudruns Finger fuhren am Stiel ihres Weinglases auf und ab.

»Ich habe ein kleines Bündel Briefe eingesteckt, als ihr Vater auf die Toilette ging. Ich zog eine Lade ihres Schreibtischs auf, die Messinggriffe an den anderen Laden klapperten, als wollten sie mich verpetzen. Ich hab die Briefe in meine Handtasche gesteckt und den Ohrschmuck dazu. An dem Klips sind zwei kleine bunte Federn angebracht, die waren statisch geladen und blieben an meiner Hand hängen. Dann ging ich ins Badezimmer. Ihre Kosmetiksachen auf dem Spiegelbord. Ihre Haare in der Bürste. Nebenan ging die Spülung. Der Vater kam herein, um sich die Hände zu waschen. Wir standen nebeneinander im Bad. Er griff Lydias Seife an. Er drückte sein Gesicht in ihr Handtuch. Ich weiß nicht, ob ihm klar war, was er tat. Aber was hätte er tun sollen? Im Licht des Badezimmers sah ich seine hellen grauen Augen im Spiegel. Er kniff sie zusammen und wandte sich ab.«

»Sie haben mir noch immer nicht erzählt, was wirklich passiert ist. Hat sie sich aus dem Fenster gestürzt?«

Gudrun sah ihn an. Sie nickte. Sie gab zu, daß ihre Freundin sich aus dem Fenster gestürzt hatte. Sie ging im Geist zum x-ten Male zum Fenster, öffnete es, stieg auf das Fenstersims, sie spürte das Holz unterm Knie, sie zog das zweite Bein nach. Sie fragte sich, warum Lydia nicht ihr Name eingefallen war – einfach der Name, die gewohnte Telefonnummer, einfach noch einmal das versuchen. Aufs Fenster steigen kann man immer noch. Kann man nicht. Es dauert, bis man soweit ist. Wie lange dauert das?

»Wir gingen auch noch in die Küche. Er öffnete den Kühlschrank. Er nahm zwei Joghurtbecher heraus und sah auf das Ablaufdatum. Er nahm den Schinken heraus. ›Der ist ganz frisch‹, sagte er. ›Sie hat noch eingekauft.‹ Wir setzten uns ins Wohnzimmer. ›Sie haben meine Tochter gut gekannt?‹ fragte er. ›Wissen Sie, warum das geschehen mußte? War sie krank? Hatte sie Depressionen?‹ Ich fühlte mich wie bei einem Verhör. Ich war ja diejenige, die Lydia am besten gekannt hatte. Wir hatten fast jeden Tag gemeinsam gearbeitet. Ich war die, die versagt hatte. Die irgendwelche Zeichen nicht rechtzeitig erkannt hatte.«

»Gab es denn solche Zeichen?«

Gudrun zuckte mit den Achseln.

»Nein und ja. Ist das wirklich so schwer zu begreifen, daß sich jemand umbringt?«

Ein Jahr lang habe ich den Haken gesucht. Jetzt habe ich ihn gefunden. Marina Zwetajewa.«

Was für eine Geschichte erzähle ich dir da, dachte Gudrun. Mit welcher Geschichte lernst du mich kennen? Es gibt Dinge, die müssen für immer so bleiben. Und es gibt Dinge, die bleiben gegen unseren Willen so, wie sie sind.

»Er hat mich gefragt, aber ich habe nichts gesagt. Ich wollte nicht, daß das überhaupt beginne – daß wir Lydias Tod aufklärten. Ich hatte das Gefühl, Lydia nicht verraten zu dürfen. Er hätte sie nur verachtet. Als Lydia klein war, zeichnete sie viel. Von ihrem Vater lernte sie das Aquarellieren. Um ihren Ehrgeiz anzutreiben, erzählte er ihr von dem Wiener Bildhauer Zauner, der sich umbrachte, weil er am Reiterdenkmal Josefs II. ein Hufeisen vergessen hatte!«

»Das ist ja verrückt.«

»Ja.«

»Aber sie hat sich nicht umgebracht, weil sie beruflich nicht vorankam? Sie beide hatten doch das Büro miteinander?«

»Sie hat sich wegen eines Mannes umgebracht, der sie nicht genug liebte. Ich wußte natürlich von ihm, gesehen habe ich ihn nie. Er ist verheiratet. Er ist Chirurg. Er operiert die Knie der Wiener High Society.«

»Haben Sie dem Vater etwas davon gesagt?«

»Nein. Wozu auch?«

»Tja. Wozu auch.«

Er hatte ihren Ringfinger genommen und oberhalb des Knöchels zusammengedrückt.

»So dünn.«

»Ich war mal mit Lydia Schuhe kaufen. Sie hat eineinhalb Stunden lang Schuhe anprobiert. Beim Weggehen fiel ihr auf, daß sie ihre linke Einlage in einem Schuh vergessen hatte, aber sie wußte nicht mehr, in welchem. Der Verkäuferin war's auch nicht aufgefallen... Einmal knickte sie neben mir im Knöchel um. Sie fragte mich, ob ich wisse, was das bedeute. Sie sagte, daß jemand sie verhexen wolle und einen von Lydias Fußstapfen in den Boden genagelt habe. Die Geschichte erzählte sie auch ihrem Kniechirurgen.«

Sie schwiegen beide.

Dann sagte sie: »So, wie Lydia ihren Arzt liebte – das war eine *Kunst*. Das war die Kunst, die sie ausübte, für die sie alles zurückstellte.«

»Hm. Wie dieser verrückte Zauner.«

»Nein. Anders. Oder doch nicht. Ich weiß überhaupt nicht mehr, was ich denken soll... Erzählen Sie mir etwas.«

»Aus meinem Leben.«

»Aus Ihrem Leben.«

»Ich bin seit zwanzig Jahren verheiratet. Meine Frau

hat wie ich Anglistik studiert. Wir haben zwei Töchter, die ältere studiert Tanz. Die jüngere macht heuer Abitur. Ich fahre morgens um halb neun ins Institut und abends um sechs wieder heim. Wir haben ein Haus in Stuttgart, Erbstück von Friederikes Eltern. Wir haben einen Irish Setter. Er heißt Stanislaus, wie – «

»Wie der Bruder von James Joyce.«

»Ge-nau. Aber ich rufe ihn Stani wie – «

»Wie Crescence im *Schwierigen* ihren Sohn – «

»Sie wissen ja schon alles über mich. Ich bin sicher, daß der Hund Österreicher ist.«

»Hat er auch manchmal *kein Programm für die Soirée*?«

»Doch. Schlafen. Schlafen.«

Und? wollte sie fragen. Wie geht es dir? Wie lebst du so?

»Im Sommer hatten wir den Tierarzt und seine Frau eingeladen. Der Tierarzt kam mit dem Fahrrad – völlig verschwitzt. Er legte sich zu dem Hund auf die Hundedecke in der Wiese. Als wir aßen, hatte er ein paar Hundehaare auf der Wange kleben. Plötzlich sagte seine Frau: ›Nur noch zwanzig Sommer.‹ Sie sagte es wohl so dahin, halb lustig. Aber mir ging das nach ... die Vorstellung, daß wir nur noch zwanzig Sommer vor uns haben, aller Wahrscheinlichkeit nach, wenn nicht vorher schon etwas passiert. Ich hatte kurz davor eine Ultraschalluntersuchung ...«

Irgendwann kam die nicht gestellte Frage. In die Wohnung? Ins Hotel? Sie spürte, wie sich ein großes Gücksgefühl in ihr ausbreitete, als er mit aller Selbstverständlichkeit im Taxi fragte: »Wo wohnen Sie?« Als er vor dem Taxifahrer, der eine Augenbraue hochzog und zu ihnen zurückhorchte, seine Entschlossenheit bekannte. Als er vor aller Welt, die aus dem einen namenlosen Taxifahrer bestand, zugab, daß er sich in sie verliebt hatte. Verliebt oder verfragt, ich habe mich in dich verfragt, ich will so viel von dir wissen.

Sie wünschte sich kurz, sie hätte gar nicht von Lydia gesprochen. Da war etwas gewesen, das sie glauben machte, Joachim Frank verlange geradezu, daß man sich mit einer ernsten Geschichte bei ihm einführe... Unsinn, er hatte doch Humor, eben, humorvolle Menschen sind ernste Menschen. Lydia hatte auch Humor gehabt, Lydia war komisch gewesen. Eine komische Frau. Und nun hatte sie zugelassen, daß Lydia mit ihrem ganzen Gewicht in dieses begehrende Fragen, in diese Lebensneugier fiel.

»Ich bin nicht hier, weil ich unglücklich wäre.«

Irgendwie mußte er sich rechtfertigen. Sein Arm lag auf der Sofalehne, seine Hand spielte mit Gudruns Haaren im Nacken, das gehörte sich nicht für einen verheirateten Mann. Er durfte nicht sagen, hier sitze ich, mir fehlt etwas ganz Wesentliches, ich bin unglücklich. Er war nicht unglücklich. Er legte ihr seine warme Hand auf die Halswirbel, er packte sie wie eine Katze. Er ließ sie wieder los und kam ins Sinnen, vergaß seine Hand, bis er wieder zugriff und nochmal diesen neuen Ort, diese Adresse, diese fremde Haut betrat. Sie spürte sein Erstaunen. Wie hinter seinen Komplimenten und Zärtlichkeiten dieses Wundern stand – was mache ich hier? Was geschieht mit mir? Das wußte sie auch nicht. Etwas wiederzuerkennen bedeutete nicht, daß man wußte, was geschah.

»Ich hatte mir nichts mehr erwartet. Nach diesem Rauswurf – das war ein Rauswurf, aus meiner neuen Hoffnung – war mir klar, daß ich von ihr nichts mehr zu erwarten hatte. Ich hatte mich *gerettet* gefühlt, verstehst du? Nach diesem *ohne Befund* war ich bereit, wieder zu leben. Sie hat nicht mal zugegeben, daß dies eine *Ree*-tung war.«

Er lachte kurz.
»Was sage ich da. Sie hat nicht zugegeben – sie hat mir nicht *zugestanden*, daß ich in Gefahr war, daß wirklich etwas Ernstes mit mir los sein könnte. Sie hat keine Angst um mich, verstehen Sie – verstehst du?«
Und Lydias Briefe?
Erzähl mir von deinem Hund.
Und gibt es einen Mann in deinem Leben derzeit?
Sie wußte nicht, war das eine Frage an ihrem Ohr oder schon ein Kuß auf die Lippen. Sie nahm den Druck seines Mundes entgegen. Wie er sie weich betastete, befühlte, wie er ihre Aufregung maß. Wenn sie die Augen öffnete, holte sie sein schwarzer, weicher, strenger Blick, der sie zu beobachten schien. Dann fiel auch sein Blick zurück, senkten sich seine Lider, schien das Schauen zurückzutreten hinter das Phantasieren. Sie spürte ein trockenes, dünnes Schleifen auf ihren Lippen, das war seine Zungenspitze. Sie antwortete ihm mit ihrer Zunge, ihrer beider stummes Reden vereinigte sich in seinem Mund. Noch immer saßen sie auf ihrem Sofa, schief, einander zugewandt, wie Teenager in einem Film, wenn die Eltern schlafen gegangen sind. Etwas an ihrer Haltung stimmte nicht, sie waren zu alt für dieses Geplänkel. Wie alt bist du eigentlich? Zehn Jahre älter, also werde ich immer zehn Jahre jünger sein.
Sie sagten einander ihre Sternzeichen. Erste Abkürzungen, erste Verirrungen. Keiner von beiden schien an solche Gesetzmäßigkeiten glauben zu wollen. Sie brauchten keine Götter. Oder doch? Er sprach davon, daß er ein Horoskop nach der Geburtsstunde von William Carlos Williams hatte erstellen lassen. Es klang so, als machten das alle Wissenschafter heutzutage. Nur diese Verliebtheit war noch etwas Archaisches, Rückständiges, dieses Verlangen, sich auszuliefern.
Gudrun sah aus dem Fenster. In der Ferne blinkte

ein rotes Licht langsam über den Himmel, als tropfe Blut aus einer Wunde. In den Märchen wurden Spuren durch den Schnee, durch den Wald gelegt, damit man das entführte Kind wiederfinde. Sie dachte an Lydias Vater.

»Was hast du? Hm?«

Sie schüttelte den Kopf.

Er erzählte von seinen Großeltern, die einen Hof bewirtschaftet hatten. Von seinem Großonkel Tobias, der immer als erster aufgestanden war, um drei Uhr früh zum Mähen. Um acht kamen sie zurück, der Großonkel und die Knechte, kaltes Wasser über die Schultern im Hof, dann gab's Frühstück.

»In Schottland habe ich einmal einen Arbeiter gesehen, der sich im Hof wusch. Nackter Oberkörper, er schaufelte sich das Wasser mit beiden Händen aufs Gesicht.«

»Wann warst du in Schottland?« fragte er.

Sie beschrieben einander das anthrazitfarbene Wasser von Loch Ness. Er hatte auch Nessies Finne gesehen. Wie hieß die Stelle in Virginias Woolfs Tagebüchern...

»Die Finne auf See, die das Unheil ankündigt?«

»Ge-nau. Du kennst das? Das ist schon ein merkwürdiger Zufall.«

»Als ich dort war, mähte gerade jemand in der Ruine von Urquhart Castle den Rasen mit einem Rasenmäher. Das brach den Bann. Mit diesem Geräusch war alles nur noch halb so unheimlich.«

»Ich möchte die Stelle nachlesen«, sagte er.

Gudrun zeigte auf einen Bücherschrank. Joachim drehte vorsichtig, mit zwei Fingern, den zierlichen Schlüssel um. Das Bild dieser zwei schönen Finger blieb stehen. Wer hatte so den Schlüssel umgedreht? Ein Gesicht erschien dazu, das gar nicht hierher paßte. Ein nahezu geschlechtsloses Gesicht, eingerahmt von einem steifen, weißen Kragen, einem schwarzen Nonnenschleier. Die hellen Augen hinter der randlosen Brille, das waren Schwester Equinas Augen. Ihr oblag die Aufsicht über die Apotheke im Krankenhaus, in das Gudrun als Kind zur Sonntagsmesse gegangen war. Schwester Equina hatte die Schränke mit den Medikamenten geöffnet und geschlossen, als sei das Allerheiligste drin. Nur sie durfte die kleinen Schlüssel herumdrehen. Zwischen Daumen und Zeigefinger saß ihre Macht.

Joachim blätterte, fragte, von wann das Zitat stamme, warum sie es überhaupt kenne. Er nahm die Bände mit zum Tisch, setzte sich wieder zu ihr. Jede Seite, die er umblätterte, berührte er oben leicht mit dem Mittelfinger, und sie schien ihm dann von selbst zu gehorchen.

»Hier, bitte«, sagte er und legte ihr das aufgeschlagene Buch auf die Knie. Sie las die Zeilen, die sie dem Gefühl nach erinnerte. Es kam ihr vor, als wählte *sie* jetzt die Wörter für diese Erscheinung mit der Finne aus.

»Es ist seltsam«, sagte sie. »Ich habe plötzlich das Gefühl, ich kenne das noch von woanders her. Eben vorhin hat mich deine Hand an jemanden erinnert, an den ich schon Jahre nicht mehr gedacht habe. Und jetzt ist es diese Stelle bei Virginia Woolf. Es ist Lydia, die ich darin höre. Es ist Lydia.«

Gudrun stand auf und ging zu ihrem Schreibtisch.

»Was ich aus Lydias Schublade mitgenommen habe, waren keine Briefe an sie. Es sind Briefe, die sie selbst geschrieben hat, das heißt, ich glaube, daß es Briefe sind. Eine Botschaft. Eine verschlüsselte, aber für mich ganz klare Geschichte. Ich hätte Lydia die Konzentration nicht zugetraut, so etwas zu schreiben ... sie muß es ziemlich schnell geschrieben haben, nachdem sie einmal dieses Bild der *Zentrale* gefunden hatte. Ja, ich glaube, ab da ordnete sich alles ein und bekam eine Funktion.«

Gudrun hielt drei Kuverts in der Hand.

»Sie hat es aufgeteilt. Es gehört zusammen. Die Briefe waren nicht zugeklebt.«

»Damit sie sie noch mal lesen kann.«

»Ich bin mir sicher, daß sie die Briefe abschicken wollte.«

»An den Chirurgen?«

»An wen sonst?«

»Hast du nicht daran gedacht, sie ihm zu schicken, wenn du dir sicher bist, daß sie für ihn bestimmt waren?«

Gudrun hielt die Briefe an ihren Mund. Wer hatte ein Recht auf Lydias unausgesprochene Gedanken? Nicht der Vater. Nicht der Liebhaber, dem Lydia weniger wert gewesen war als *sein unaufgeräumter Schreibtisch*.

»Nein«, sagte sie. Etwas wie Unmut, Müdigkeit, Trauer streifte an ihr vorbei. Wie waren sie nun wieder bei Lydias Geschichte gelandet ... das Wasser beim Waschen am Morgen ... das kalte graue Schottland ... das schwere Meer. Bei Joachim war das gut verwahrt. Sie sah auf seine Wangen, die gerötet waren vom Wein, von der Wärme in der Wohnung.

»Sollen wir das Fenster ein wenig aufmachen?« fragte sie.

»Das kann nicht schaden. Laß mich das machen.«

»Ich denke mir, es ist in Lydias Sinn, wenn ich dir diese Briefe vorlese.« Sie drehte den Kopf zu Joachim hin, der beim offenen Fenster stand. »Du bist fremd genug. Du hast sie nicht gekannt. Sie bekommt kein anderes Gesicht für dich.«

Als Joachim das Fenster geschlossen und sich wieder gesetzt hatte, begann sie zu lesen.

Die Farben verschwinden jetzt oft für längere Zeit. Auch aus meinen Augen ist dann die Farbe verschwunden, so daß ich einen grauen Blick habe und keinen braunen mehr. Die Zentrale braucht die Farben, vermutlich wird irgendwo etwas Neues angelegt, eine Fliederhecke, eine bunte Einkaufshalle, ein blaues Autobahnschild mit praller weißer Aufschrift und Pfeilen, ein Mohnfeld, gelbe Schutzanzüge für ein Werk, Blümchen auf einer Firmungskerze, eine Fastenzeitrobe. Was man so braucht.

Ich muß versuchen, mit dem grauen Blick durch die Welt zu kommen. Also durch das Haus. Ich darf nirgendwo anstoßen. Ich übersehe noch manchmal die Übergänge, die Kanten, manches verschwimmt an den Rändern. Wenn die Farben zurückkommen, scheinen sie in der Zwischenzeit älter geworden zu sein. Ich sehe nur noch ein altes Blau, ein altes Rot. Sogar das Schwarz ist alt geworden, wie ein schäbiges Maulwurffell.

Mir ist so kalt, daß ich mit den Zähnen klappere. Gern läge ich jetzt hustend neben Dir in meinem Bett. Ach, was hustet sie, hast Du gesagt. Du hast Dich an meinen Rücken geschmiegt und hast mir den Arm vor die Brust gelegt. Ach, was hustet sie. Das ist nicht gut. Das sagt der Schattenmensch, der mich quälen will.

Tagelang fehlt das Wasser. Es regnet nicht, es kommt nichts aus der Wasserleitung, nur braunes Röcheln, mit viel Luft durchmischte Wasserspritzer, die man nicht einfangen kann. Sie kommen wie Patronen. Der Boden in der Küche trocknet aus, die paar Spritzer verdampfen im Nu.

Familien versinken nach der Scheidung in Armut. Es ist unvermeidlich, daß der Lebensstandard für beide fällt. Aber auf jeden Fall für den Mann, der Unterhalt zahlen muß. Er kann sich vermutlich nicht mehr alle Fachzeitschriften leisten.

Vorige Woche, um sechs Uhr abends, kam plötzlich die Anordnung: Nicht mehr atmen. Ich spürte es aber schon eine ganze Weile davor. Das Schlimmste, was man machen kann, ist, noch ein paar tiefe Atemzüge zu holen. Überhaupt: es so weit kommen zu lassen, daß sie dich überrumpeln. Du mußt aufmerksam und wachsam werden und die kleinen Zeichen erkennen lernen. Und dann ganz allmählich umstellen auf immer flacheres Atmen. Der Körper ist ganz anders gebaut, als du denkst. Er hält beinahe alles aus. Beinahe zuviel. Alles, was langsam kommt, kann er verkraften, glaube ich.

Ich hätte nicht gedacht, daß es so banal ist. Die Kälte müßte nicht sein. Das Gähnen verstehe ich. Es reißt mir die Kiefer auseinander wie einem Hund, der Gras gefressen hat und kotzen will. Ich gähne, daß mir Hören und Sehen vergeht. Es wird schwarz, und man treibt als Satellit herum.

Etwas in Dir sorgt dafür, daß es nicht eine Person sein wird, sondern die Arbeit. Dein unaufgeräumter Schreibtisch. Ich wollte Dich nicht so sehr von Deiner Familie losreißen, nur von Deiner Arbeit. Mehr wollte ich schon wert sein. Leute, die sich über ihren Seelenzustand seltener äußern, gelten natürlich als gefestigter, verläßlicher, ernster, erwachsener. Man plappert nicht dauernd davon, wie es einem geht.

Meine Haupttätigkeit ist das Warten. Es kann von der Zentrale in einen anderen Stoff verwandelt werden, es ist sehr wichtig für die Zentrale, daß ich so viel wie möglich warte. Ich beherrsche es wahnsinnig gut, ich schaffe es, daß ich mich ganz mit dem Warten fülle, von der Kopfhaut bis zu den Zehennägeln. Wenn ich religiös wäre, könnte ich es mir als ein heiliges Talent erklären. Es macht müde. Schlaf wurde abgeschafft, aber es gibt Schlafersatz. Man bleibt wach dabei, man kann auf kleiner Flamme warten, so daß nichts verlorengeht.

Keine Chemie in meinem Hirn. Keine Elektrizität. Nimm zur Kenntnis, daß jemand aus Liebes-Kummer stirbt statt an einem Perikarderguß. Der Fleischhauer im Eurospar hat sich am Faschingsdienstag als Indianer geschminkt. Rote und blaue Streifen über das Gesicht. Er sah aus wie eine bestimmte Sorte tiefgefrorener Hühner, die er verkauft. Die haben solche Streifen auf der Verpackung. Er hat sich umgebracht. Du läßt Dich von meinen kleinen Ansprüchen zurückscheuchen in deinen Ehekerker, warum schämst Du Dich nicht?

Das Erinnern ist ein zweites Sehen, Hören, Fühlen, aber es wird zwischen den Schattenleuten abgehandelt. Ich weiß nicht, ob die Zentrale von den Schattenleuten weiß. Ich könnte mir denken, daß sie dagegen ist. Die Zentrale ist sehr empfindlich. Ich will die Zentrale nicht böse machen. Das ist mein größtes Problem. Die Frage, die ich mir öfter als jede andere stelle, lautet: Ist mir die Zentrale wohlgesinnt? Für mich wäre es lebensnotwendig, diese Sicherheit zu haben. Aber es gilt das Gebot, daß man die Zentrale nicht fragen darf. Sobald ich frage, werde ich eine niederschmetternde Antwort erhalten. So bleibt nur: die positive Ungewißheit oder die negative Gewißheit.

Der kleine Motor meines Computers summt, als sitze er auf einem Hügel, im Frühling, bei den blühenden Bäumen, in seiner Kindheit. Keiner holt dich.

Gudrun steckte jedes der drei Blätter wieder in seinen Umschlag.

Joachim atmete tief auf.

»Was für eine Schwere«, sagte er. »Das zieht hinunter. Sie hätte zu einem guten Therapeuten gehen müssen.«

»Der sie von ihrer besessenen Liebe geheilt hätte? Denkst du, das wäre möglich gewesen?«

»Aber da liefen doch Mechanismen, die man hätte unterbrechen können. Irgend jemand hätte ihr diesen

Chirurgen erklären können. Warum sie gerade auf so einen Typ hereinfiel. Das ist doch nicht Zufall, wenn man sich so krankhaft an einen Menschen klammert, der einen zerstört, oder besser: der die selbstzerstörerischen Kräfte in einem so aktiviert.«

»Ich habe versucht, ihr diesen Mann auszureden. Es war vollkommen zwecklos. Sie hatte ein neues Leben mit ihm angefangen, sagte sie. Auch wenn sie nur im Verborgenen lebte. Sie trafen sich nur in ihrer Wohnung. ›Mein Zähler ist auf Null gestellt‹, sagte sie. ›Ich fange ganz von vorne an.‹ Wenn Lydia so etwas wie einen Schmerz mit sich herumtrug, von früher, dann glaubte sie sicher, daß er jetzt begraben war. In Wirklichkeit wurde er nur mit neuer Kost genährt. Sie spürte den Belebungsvorgang und ahnte noch nicht, daß es dieser Schmerz oder diese Wunde war, die belebt wurde. Und hat das nicht auch eine Logik? Hat nicht alles, was so konsequent durchgeführt wird, woran jemand so festhält, daß es ihn umbringt, eine Logik? Ich möchte glauben, ich wünsche es mir so, daß sie auch ein bißchen Stolz gespürt hat gegenüber diesem Mann, der ihre Liebe nicht verstanden hat. Der so bequem war. Der immer nur ihrer Fröhlichkeit, ihrem grellen Humor geglaubt hat, weil das eben einfacher war. Sie war eine große Kokettiererin, aber sie hat nicht die Stärke gehabt, dieses Kokettieren durchzustehen gegen alle Verzweiflung.«

Gudrun nahm die Briefe und warf sie der Reihe nach auf den Schreibtisch. Sie wollte dieses Schuldgefühl los sein, das immer wieder zu ihr schwamm. Wie der Blumenstrauß der frisch Verheirateten, der nicht weit genug ins Wasser hinausgeschleudert worden war und als böses Omen zurücktanzte. Wer hatte diesen Aberglauben erzählt?

Sie wollte ein Glas Portwein trinken und Joachims

Leben erfahren. Sie wollte kein Wort mehr über Lydia reden, nicht mehr an Lydias Ende denken, von dem man nicht einmal wußte, war es sinnlos oder heroisch. Konnte man die Sinnlosigkeit so lange umwenden, bis sie zum Heldentum einer großen Liebe wurde? Ihr alter Bildbaukasten fiel ihr ein, den sie noch irgendwo aufbewahrte. Man drehte die Klötze so lange, bis aus dem zähnefletschenden Wolf ein Prinz im hellblauen Wams geworden war. Als Kind hatte sie den Ehrgeiz gehabt, diese Verwandlung ganz schnell durchzuführen, ein Klotz nach dem andern. Die Bausteine waren mit Papier beklebt. Manche Bilder lösten sich an den Rändern vom vielen Angreifen ab.

»Wann hast du geheiratet?« fragte sie und holte zwei neue Gläser.

※ ※ ※

»Vorüber?«

Er faßte sie am Puls und schüttelte ihre Hand. Er war aufgewacht aus dem Dämmer ihrer Liebkosungen, in dem ihn die Nachricht von dem Krampf in ihrer Hand gerade noch erreicht hatte. Er ließ sie los und griff mit abgewinkeltem Arm über seinen Kopf zur Lichttaste hin. In diesem Winkel seines Arms sah sie die häusliche Welt mit Friederike, Pflicht und Weihnacht, Zahlscheine, auf die er seine Ziffern setzte, den geübten Griff, mit dem er die Abfalltonne vor die Gartentür rollte. Sie sah, wie Friederike durchs Wohnzimmer lief und mit beiden Händen nach einer Motte klatschte. Sie sah Joachim mit einem Buch in einem Lederfauteuil sitzen. Sein in einer Zeile hängengebliebener Blick sagte, Friederike solle aufhören mit dieser kindischen Jagd. Wie sie ihre gespreizten Hände betrachtete: wieder nichts. Wenn sie die Motte endlich gefangen hatte, würde sie ihm ihre Handflächen zeigen, wo der Mottenstaub klebte.

Was für eine Figur macht sie in deiner Welt? dachte Gudrun. Siehst du sie gern auf der Treppe? Wenn sie in der Küche den Kopf zu dir dreht, ist da etwas übriggeblieben von der Wonne des Zusammenseins? Kann sie dich mit einem charmanten Satz überraschen? Hat sie überhaupt Charme? Sag mir, wie verzaubert sie dein Leben? Nicht jeden Tag, natürlich nicht jeden Tag, aber – immer wieder? Was für gemeine Fragen. Aber ist es nicht so, daß sie durch deine Lust wie durch ein Meer geht, mit erhobenem Kopf und zusammengebissenen Lippen?

Joachim hatte wieder ihr Handgelenk umfaßt und strich daran auf und ab.

»Weißt du, wie mir unsere Liebe manchmal vorkommt?« fragte sie.

»Naa – ?«

»Wie diese Küren der Eisläuferinnen aus dem Ostblock, die so schön waren, obwohl sie fast immer zu einer billigen, schäbigen Musik liefen ... abgedroschene Melodien ... die man bei uns gar nicht mehr hören wollte ...«

»Also, sag mal!«

»Ja, abgedroschen ... wir hatten diese Musik längst zum Müll gegeben ... und dann beschämten sie uns mit ihrer wunderbaren Kür!«

»Hmm.«

»Aus ganz wenig viel machen.«

»Hmm. Ja. Weil wir uns so selten sehen, meinst du ...«

Er fragte immer voll Erstaunen: »Wie lange haben wir uns jetzt nicht gesehen? Vier Monate? Fünf?« Als wäre nicht er derjenige, der zuließ, daß so viel Zeit verging. Eigentlich mußten sie in diesen Zwischenräumen sichtbar älter werden.

»Vorüber?«

Er konnte so sanft fragen. Hatte sie sich nicht in diese Frage verliebt: »Was ist, Gudrun? Was haben Sie?« Wie anders als durch Enthalten, Entziehen, durch dieses verrückte Getrenntsein sollte man verhindern, daß daraus ein *Was hast du denn schon wieder?* wurde. Er legte sich ihre Hand auf den Bauch. Sie spürte seine feinen, weichen Haare dort.

Wie schafften sie es wirklich, diese Zeit zu überfliegen, in der sie einander nur am Telefon hörten? Dieses Stück für zwei Personen, die hinter verschiedenen Vorhängen sprechen. Man konnte nicht daran zweifeln, daß der andere jeden Augenblick hervortreten und sich entschuldigen würde für den bösen Spaß. Einzig die Tatsache, daß sie immer beide zugleich diesen bösen Spaß miteinander trieben, bewies ihre Unschuld. Diese Abart von Zusammensein, ohne einander berühren zu können, ohne Anblick. Nicht sie waren blind, jenes Stück Welt war defekt, in das sich die Umrisse des geliebten Menschen eingezeichnet haben sollten.

Selbstverloren und konzentriert zugleich mußten sie diese Wanderung hoch oben über die Zeit hinweg machen. Man durfte nicht hinunterfallen. Am besten vergaßen sie, daß sie ja auf ein nächstes, halbunsicheres Treffen hin ausgerichtet waren. Wenn sie sich trennten und jeder wieder in seine entfernte Stadt zurückkehrte, begann das Aufeinander-Zubalancieren von neuem. Sie taufte dieses Unterwegssein zu ihm um. Sie hielt Termine ein, lieferte Arbeiten ab, kochte für ihre Freunde ein Menü mit fünf Gängen und setzte doch einen Fuß vor den anderen auf ihrem hochgespannten Seil. Sie hörte ihrem Zahnarzt zu, wie er ihr durch die Maske von seinen Wanderungen in den Euganeischen Hügeln erzählte, und dachte, wie einfach es war, gesund zu leben. Man brauchte niemanden dazu.

Sie strich mit dem Unterarm über die Fläche seines Bauchs. Wenn sie bei ihm lag, buchstabierte sie ihm die Areale seines Körpers. Wenn sie mit ihm telefonierte, erinnerte sie ihn an sich selbst, erinnerte er sich an sie.

»Und dann?«

»Dann rutscht dein kurzer schwarzer Rock noch ein Stück hinauf, weil du ja die Beine auf deinem Schreibtisch abstützt und – «

»Mein Rock ist aber nicht schwarz, er ist mexikobunt – «

»Mexikobunt. Also gut, während du dich zurücklehnst und deine Beine an der Schreibtischkante abstützt, rutscht dein mexikobunter Rock noch ein Stück hinauf und – «

»Und?«

»Ich bin zu prüde, das weißt du doch.«

»Prüde. Du.«

»Ja.«

»Wer von uns beiden ist denn nun katholisch?«

»Das ist es ja. Ich bin prüde und protestantisch. Ich kann mir allerhöchstens vorstellen, daß du mit geschlossenen Augen auf meinem Bauch liegst und ich dir mit geschlossenen Augen zuhöre – «

»Wobei willst du mir da zuhören?«

»Was weiß ich, wie du irgend etwas Züchtiges vor dich hin murmelst – «

»Oder wie ich auf deinem Bauch herumschnüffle – «

»Jaa – ?«

»Und dir, immer noch bei geschlossenen Augen, mit der Hand unter dem Schenkel auf- und abstreiche. Du hast das eine Bein aufgestellt. Ich bleibe in deiner Kniekehle stecken – «

»Und ich muß im Knie husten – «

»Und du drückst den Unterschenkel fester, weil du glaubst, meine Hand einsperren zu können, aber dann läßt du wieder los, und jetzt kippe ich dein willenloses, aufgestelltes Bein zu mir und streichle an der Innenseite auf und ab...«

»Ahh, du«, machte er.

Manchmal, wenn sie vor dem Einschlafen an ihn dachte, konnte sie sich nicht mehr vorstellen, wie sie ihn küßte. Die Gesichter paßten nicht mehr zusammen. Es war, als wäre ein Gewicht in ihr falsch gelagert, durch irgendeine Unachtsamkeit verrutscht. Dann sagte sie sich mit seiner Stimme vor: »Vielleicht ruf ich dich morgen mal an.« Oder fragte in seinem weichen, die Sinnhaftigkeit ihres Tags einfordernden Ton: »Und was hast du heute gemacht?«

Er stellte ihr diese Frage fast jedesmal. An schlechten Tagen mußte sie sich zusammennehmen. Ihre Stimme durfte nichts verraten von der Sinnlosigkeit, die ihren Tätigkeiten hier, wo er sie nicht sehen konnte, allen Glanz entzog. Wenn sie schwer wurde vor Sehnsucht. Wenn das alles ein Irrtum war. Wenn man so wirklich nicht leben konnte.

»Und was wirst du heute noch machen?«

»Bügeln.«

Wenn man vielleicht nur so miteinander leben konnte. Wenn es nichts Leichteres gab als ihr Hin und Her und sie wie zwei Kinder, die keine Verantwortung füreinander trugen, nur zu spielen brauchten.

Manche Abschnitte aus ihren Gesprächen ließen sich abrufen, als habe sie sie aufgezeichnet. Sie hörte sein Lachen, bis es ihn nicht mehr darstellte. Sie suchte eine andere Szene. Wenn sie müde war, hatte sie schon alle Sätze hervorgeholt, die er ihr gesagt hatte. Erfinden wollte sie keine. Die Phantasie, die mit ihrer Sehnsucht einen Pakt geschlossen zu haben schien, sollte nichts schaffen, was nicht einlösbar wäre. Sie stellte sich höchstens vor, wie sie ihm etwas erzählen würde. Aber seine Antworten waren dann ungedeckte Schecks, nur von dieser Sehnsucht ausgestellt.

»Drei Dinge lassen sich nicht verbergen, sagen die Osmanen: Liebe, Husten und Armut.«

»Von wem ist das?« würde er fragen.

»Du bist doch so klug.«

Und sie würde denken: ›Wenn du es verbergen kannst, ist es keine Liebe.‹ Und es nicht sagen.

»Ahh, du.«

Er legte die Schale seiner Hand an ihre Schläfe. Mit dem Daumen strich er ihre Augenbraue nach. Er gähnte ins Kissen. Sie gähnte mit, wurde fortgezogen von einer weichen, sicheren Macht. Die Lider fielen ihr zu.

Der kleine weiße Tisch hat ein Loch in der Mitte, darin steckt der Sonnenschirm. Die Kaffeetassen klirren, als die Kellnerin sie hinstellt. Rilke und Marina sitzen nebeneinander. Sie blicken über die Gasse hinweg auf das Schaufenster des Kunstgewerbeladens, vor dem Touristen stehenbleiben und sich zur Scheibe beugen. Rilke sagt: »Mein Lieblingsgedicht heißt ›Du sollst mich nicht leicht vergessen.‹ Können Sie mir das rezitieren?« Marina beginnt russisch vorzutragen, hängt schwarze Sätze in die Luft, und Rilke nickt dazu, wiederholt manchmal ein paar Worte. Dann hält Marina inne, ohne ihn zu korrigieren. Als sie fertiggesprochen hat, sagt Rilke: »Ich wußte es ja.« Plötzlich kommt viel Wind auf, der Schirm droht aufzusteigen. Marina greift fest nach der Stange und drückt sie zu Boden. »Halten Sie«, sagt sie zu Rilke, und Rilke legt seine Hand ein paar Zentimeter über Marinas Hand um die Schirmstange. Er spreizt den kleinen Finger ab. Marina lacht.

Sie holperte aus ihrem Traum. Das Erwachen durchfuhr sie blitzschnell, überall zündete es ihre Aufmerksamkeit an.

»Ich hatte einen komischen Traum«, sagte sie.

Joachim saß als nackter Besucher an ihrem Bett, in dem sie lag, eine völlig gesunde Kranke, das Gesicht zum Laken und zu seinem Knie. Sie hatte ihn nicht aufstehen gehört. Während sie ihren Traum erzählte, verwandelte sich sein Zuhören schon wieder in ein Horchen seines Körpers.

»So hat Rilke den Schirm gehalten«, sagte sie und spreizte ihren kleinen Finger ab, und er sah auf seinen Schoß.

Sie hatte noch immer das Handtuch zwischen den Beinen. Es war mitgewandert durch ihren Schlaf. Nun zog sie es unter ihrem Gesäß weg, konzentrierte sich für ein paar Augenblicke auf etwas anderes als auf ihn.

»Komm«, sagte sie. »Komm.«

Langsam legte er sich aufs Bett, schob sie zur Seite. Sie setzte sich auf und bettete ihn richtig hin, dann begann sie mit weichen, irgendeinen Genuß tagträumenden Bewegungen ihrer Lippen nach seinem Glied zu schnappen – rund, fischmäulig, stumm. Ihre Lippen wölbten sich über die Zähne, sie wurde zu einem zahnlosen Wesen, das über ihn bestimmen konnte, über sein Glied in ihrem Mund. Es gab Morsezeichen an ihre Zunge weiter, die sie auf der Stelle zu dechiffrieren suchte – eine süße, nichts außer seine Existenz bezeugende Botschaft. Ihre Zunge umkreiste ihn, mit der Zeit, gegen die Zeit.

Ihre Kiefer mahlten langsam, als formten sie einen Ton, einen ganz besonders schwierig zu treffenden Ton, der, spürte man ihn einmal, so wunderbar war, daß man nichts anderes mehr wollte, als ihn halten. Mit bittenden, umwerbenden Gebärden der Lippen in der Mundhöhle halten und singen hören. Wenn sie nachgab, knebelte er sie. Wenn sie nachgab, erstickte er sie. Wenn sie nachgab, ertränkte er sie, nachdem er sie erstickt hatte.

Er legte ihr einen Arm um den Hals, drückte sie leicht zu sich auf seinen Körper. Seine Hand schien das Aufhören einer Bewegung – dieses Zu-sich-Drückens – als neue Art von Bewegung entdeckt zu haben, ein weiches, verzögertes Beschweren, das ins unendlich Sanfte verdünnt war. Er flehte die noch vorhandene Entfernung zwischen ihm und ihr an, sie möge gehen. Er leerte den Raum ihrer Begegnung, um ihn ganz mit ihnen beiden füllen zu können. Hatte sie eben noch gemeint, über ihn zu bestimmen, so umschloß seine Hand nun alle ihre Lebensnerven im Nacken, bündelte ihr Fühlen, ihr Verlangen, ihr Wissen. Sie waren im Trab bergauf unterwegs, sie hatten genug Luft, sie hatten alle abgehängt. Ihr Nacken schaukelte mit. Einmal streifte ein fremder Lichtstrahl sie. Oder ein Gedanke. Oder die Information an der Zimmertür: Nebensaison DM 170,-

Sie spürte das Laken unter ihren Knien wie eines von wenigen Dingen, die es noch gab. Alles war auf das Nötigste reduziert. Sie lebten in einer fast kahlen Welt. Die Pupillen schalteten zurück, sobald sie sich auf etwas anderes richten sollten als das nächste Stück Körper. Sie wollten nur sehen, was sie begehrten. Er ließ sie los. Sie zog sich mit ihrem Dunkel in der Mundhöhle zurück, ließ, was sie von ihm mit Lippen, Zunge, Gaumen umschlossen hatte, ans Licht, ins einsame Freie.

Die Vorstellung, daß ihr Speichel nun auf ihm verdampfte, daß seine verletzbare Haut trocknete und sich nach Feuchtigkeit sehnte, gab ihr keine Ruhe. Mit der Zungenspitze begann sie, Streifen auf ihm zu zeichnen, feine, an seiner Hautwand entlanggeisternde Ahnungen. Sie schob ihre Zunge unter, wog sein Gewicht nach, ließ ihn ganz leicht auf und ab hüpfen, auf der Stelle tanzen.

Dann nahm sie seine Begierde wieder in die Hand, in beide Hände, und hielt sie fest.

Das war wie dieses Gefühl: wir fahren irgendwohin. Wir haben etwas vor, das muß an einem bestimmten Ort geschehen. Es ähnelte dem letzten Aufeinander-Zureisen, sobald der Termin eines Wiedersehens feststand, bloß stärker. Schon wenn sie ihre Züge bestiegen, sie in Wien, er in Stuttgart, wurden sie andere. Sie übersiedelten mit ihren Körpern in eine andere Seinsform, konturiert von Begehren und Selbstgewißheit. Aber als müßten sie noch immer mit großen, schweren Schritten wie in Siebenmeilenstiefeln aufeinander zu, traten ihre Beine nun ins Laken.

Mit den Füßen glitt sie am Schienbein des anderen hinunter. Er warf sich mit einem langen, tiefen Schrei zu ihr, legte sich ihr in den Weg, sperrte ihr die Flucht ab. Er zwang sie in seine Umlaufbahn, als wäre je etwas anderes ihr Sinn gewesen, als an ihn geschmiedet zu sein. Durch seinen Kopf zog nun die Genugtuung, zog in alle Räume ein. Er bekam dort recht, wo er für alle Zeiten ein unmöglicher Liebhaber war. Wo dieses Wort für die zwei Menschen, die zusammenlebten, gar nicht mehr existierte. Sie gab ein Stöhnen, einen gepreßten Laut von sich, sie vermachte ihm ihren freien Willen. Er knebelte sie sanft zwischen ihren Schenkeln. Mit der einen Hand streichelte er ihre Brust. Er ließ Zeit vergehen, er ließ sie ihre Geschichte miteinander sammeln. Er jagte nicht durch seine Begierde hindurch, er erzog seine Begierde an ihren Schenkeln zu Geduld, zu Erwartung, zu immer mehr ersehntem, immer näher rückendem Genuß. Sein Zeigefinger wanderte mit dem Fingernagel über ihre Brustwarze, und wenn sie glaubte, er würde nicht mehr zurückkehren, kam er zurück. Er schien ihre Wünsche, ihre zu süßen Befürchtungen umgeschlagenen Wünsche in der Luft zu lesen. Jede Kerbe, die er in sie drückte, peitschte ihren ganzen Körper in einer Woge zu ihm zurück. Ihre Wirbelsäule stieg, schlug einen Bogen, schmiegte sich wieder an das Laken mit den Falten, den Rippen im Meeresgrund.

Er verlagerte sein Gewicht zur Seite, um sie besser halten, mitschleudern und wieder halten zu können. Er hatte eine elementare, aus ihrer Tiefe heraufrollende Stimme in ihr geweckt, die nur wenige Worte kannte. Jedes Wort war schwer, war soviel wert wie ein Satz, den ihr Körper mit seinem Steigen und Sinken unterstrich. Dann überließ sich auch dieses Wogen der wilden Gesetzlosigkeit, mit der die Stimme aufschoß. Seine andere Hand war nun in sie verhakt, verhängt, verwachsen. Er schüttelte sie, er warf sie in ihre brodelnde Lust, er fing sie, warf sie, fing sie wieder auf. Dann stand sie mit allem, was sie fühlen konnte, am Rand eines Abgrunds. Weil er schon vor ihr dort war, konnte er sie halten. Sein Kopf beugte sich zu ihr, die Lider strichen ihren Anblick ein, dann schlossen sie sich. Über der Schulter hatte er ein Firmament hängen, einen dunklen Umhang, den er über sie stülpte. Sie wurde eingehüllt in die Schale seines Körpers. Sie wurde sein heißer, verformbarer Stern, den er mit liebsten Namen begrüßte. Sein Arm griff unter ihrer Schulter durch, der andere Arm hielt ihren Kopf, hob ihn hoch, küßte sie mit schnellen Küssen. Jeden kleinen Gedanken, der sie durchfuhr, mußte er abstempeln. Ein Kind, das gerade das Küssen entdeckt hatte und es sich mit vielen Wiederholungen einprägte, weil es das nicht mehr vergessen wollte. Alles, was man dazu benötigte, war sogleich da und floß in eins zusammen, das Signal aus dem Nacken, die kleine Bewegung, das Auftreffen der Lippen auf der Haut. Und die Haut bedeutete jenes fremde Leben, das sich auf wunderbare Weise dem eigenen Leben anschloß.

Dann überfiel er sie wieder mit weiten Armen, ein Schmetterlingsschwimmer, schwerflügeliger Taucher über ihr. Seine Beine, einmal das linke, einmal das rechte, schoben nach. Sie durchquerten miteinander ein dichtes Meer, einen gestockten Himmel. Dann sprang das Bild in ihr auf, durch das sie hindurch mußte, sobald er sich so in sie grub, sie zu sich nahm, als liebte er sie wie sie ihn, als gebe es keinen Unterschied mehr zwischen zwei gefühlten Leben. Was siehst du da? Ich sehe immer diese Straße bei Nacht, die wir entlanggingen, es regnete leicht, die Lampen waren in der Luft hängende, orangefarbene Pfützen, und dann hobst du mich auf, über die Schulter samt Pelzmantel, so verrückt, so schräg hing ich in der Luft, festgehalten in den Kniekehlen. Als hätte ich dir entkommen wollen in die Höhe zu irgendwelchen Engeln, die mit dir verbündet waren und dumm abwinkten.

Er redete mit ihr in seiner tiefen Sprache. Er sprengte sie sanft, er holte ihre Aufmerksamkeit zurück. Er legte sein Gewicht in jede Silbe, die sie dachte, bis alles von ihm erfüllt war. Ihr Kopf lag zur Seite, dann zur anderen Seite, als müßte sie die richtige Stelle suchen, wo ihre Wange ruhighalten konnte, nicht dauernd das Laken liebkoste in nervösen Kurven. Er gab ihr sein weiches Stichwort, du Lie-be, Sü-ße. Sü-ße. Die zärtlichen Namen zerbrachen vor dem Druck einer sie treibenden Gewalt in zwei Teile. Er drohte ihr mit seinen Kräften, die er nur herbeizuwinken brauchte. Zum Beweis schaukelte er sie stärker, zwang sie, ein paarmal nach Luft zu schnappen, ehe sie sich auch an dieses Tempo gewöhnt hatte. Seine Bestimmtheit fuhr ihr in die Glieder und fühlte sich dort am richtigen Platz.

Irgendwann in diesen Sekunden, in dieser von ihm eingefärbten, pochenden Welt hinter den Lidern sah sie ihn an. Der Schweiß glänzte auf seiner Oberlippe, seinem Kinn. Auch ihr Mund war feucht, sie wischte sich die Lippen an ihrem Oberarm ab. Er spürte, wie ihre Aufmerksamkeit eine Spur nachzulassen drohte, und holte sie mit einem Blick wieder zurück.

Sie federten einander ihre kurzen, stummen Befehle zu. Was sie kannten, erkannten sie wieder. Was neu war, so noch nicht durch die Muskel gejagt, verstanden sie sogleich. Sie hob ihr Becken, hob ihn auf ihr hoch, stemmte sich gegen seine Kraft, und er mußte nur ein wenig mehr aus sich auf sie hinuntersteigen, um sie für einen Augenblick zu lähmen. Alle Entscheidungen dauerten nur ein paar Atemzüge lang, dann war sie es wieder, die ihn hob, als wäre er ein Leichtgewicht und nicht dieser schwere Mann, der sie erdrücken könnte. Sie spürte, wie ihr Körper schneller wurde, wie ihre Kraft in kürzeren Abständen auf ihn schoß. Das war wild, und für ihn auch sanft. Sie hätte bald schreien müssen vor Anstrengung. Eine Weile blieb sie bei diesem Tempo, dann erlöste er sie und drückte sie hinunter, drückte ihre ganze Fläche wieder ins Laken. Er setzte ihr nach, er gab ihr keine Ruhe, er jagte sie quer durch einen flimmernden Wald und – ließ sie Atem holen.

Und –.

Sie kannte seine Taktik. Sie wußte, daß er immer noch einmal innehielt. Als tanzten sie Walzer miteinander, und er schleppte den verzögerten Takt noch länger hinaus, er wiegte sie in eine immer größere Erwartung. Er tippte diesen Gedanken in ihr mit seinem Verzögern nur an, und schon sprang sie ihm nach.

Ein Geräusch streifte sie. Die Badezimmertür war leise schnalzend aufgegangen. Etwas wischte an ihr vorbei, die Rückseite einer Melodie, Krönung der Poppea, ihr Bad daheim, dessen Tür sich neulich wie mit einem Stöhnen geöffnet hatte, als wollte es die Musik mithören. Während sie schon wieder ganz zu ihm zurückgekehrt war, drückte das Bewußtsein ihrer Süchtigkeit sie stärker an ihn. Eine Wahrheit über ihr Wesen hatte sich in ihr niedergelassen und zog sich gleich wieder zurück, um nicht zu stören, denn nun tauchte seine Stimme in sie hinein. Mit einem gedämpften Schrei wandte er sich von dem anderen ab, das es auch gab, nahm er Abschied von seiner Familie, die er liebte, die sie haßte, die er verriet, die sie verstand.

»Es ist so *scheen* mit dir«, sagte er später und wiederholte es für sich. »So *scheen*.«

Er lag mit geschlossenen Augen neben ihr und lächelte zufrieden. Wenn er sie in ihrer Sprache anredete, war das, als umarme er sie. Als bestätige er ihre Existenz, nicht mit seinen Worten, sondern mit ihren, so daß ein Mißverständnis ausgeschlossen war. Es war seine Art, ihr zu sagen, daß er sie liebe.

Von diesen Begegnungen kehrte ihr Körper schwebend heim – als atme der Boden dort, wo sie als Gezeichnete ging, in einem Mitgefühl ihres Glücks tiefer ein, dehne sich aus und trage sie. Zugleich war sie schwer von der erstaunten Leere, die sein entzogener Körper in ihr hinterlassen hatte.

Vielleicht war dies das Geheimnis ihrer süchtigen Liebe: daß er wie niemand sonst auf der Welt ihr Fülle und Leere zeigte, das Steigen und Fallen. Daß er ihr den Gedanken an ihn so schwer machen konnte, als wäre er mit Materie gefüllt, als könnte man einen Gedanken tatsächlich auf die Waage legen. Daß er ihren Körper im Zusammenhängen mit seinem allen Gewichts entledigte und sie beide fortgetragen wurden von ihrer eigenen Leichtigkeit, zwei freigelassene Vögel.

»Was denkst du?« fragte sie. »Hat Rilke den Schirm gehalten, weil er sie beide am Boden festhalten wollte – oder mit Marina in den Himmel fliegen?«

Alzesheimer
(lat. Alces alces – der Elch)

Linda nahm den Brief von Hermann Widmer, den sie gestern erhalten hatte, und roch daran.

»Ich werde also am Donnerstag, dem 17. Dezember, um 16.10 Uhr mit dem IC ›Robert Stolz‹ aus München kommend in Graz eintreffen«, las sie. »Es ist sehr liebenswürdig von Ihnen, daß Sie mich abholen wollen, ganz zu schweigen von Ihrer Gastfreundschaft. Erlauben Sie mir dennoch, daß ich noch einmal meine prinzipielle Skepsis dem Unternehmen gegenüber zum Ausdruck bringe. Wir haben nicht den geringsten Anhaltspunkt dafür, daß die Behauptungen dieser Frau auf Tatsachen beruhen. Ja, ich gebe zu, das Elchsgedicht ist stilistisch, und ich betone das: stilistisch, eines der letzten ungelösten Rätsel in der HR-Literatur. Nicht biografisch, liebe Linda Götz. Ich muß wohl nicht eigens hervorheben, wie sehr es gerade mir am Herzen liegt, dieses Rätsel zu lösen – jetzt, wo das Zentenarium mit solcher Macht herandrängt. Ich muß Ihnen auch nicht nochmal versichern, daß ich Ihre so ganz und gar unegoistische Einweihung meiner Person in die – mögliche – Enthüllung im höchsten Maße schätze. Ich wäre vermutlich nie von dieser Frau kontaktiert worden, weil ihr Interesse doch offenbar Ihrem Arbeitsgebiet gilt und nicht meinem. Nur der abstrusen Überschneidung dieser zwei Interessen habe ich es zu verdanken, daß ich in den Besitz dieses Hinweises gelangt bin. Lassen Sie mich Ihnen also noch einmal danken – ehe wir uns dem Strudel der Begegnung überantworten. Ich gebe zu, es ist etwas ungewöhnlich für mich.

Ich werde meinen Anorak mitnehmen, den ich seit fünf Jahren nicht mehr getragen habe.

Nochmals vielen Dank für die Kopie der Wanderkarte.
Bis bald,
Ihr ergebener Hermann Widmer.
PS: Ich werde die Taschenbuchausgabe der Briefauswahl schwenken. Es ist mein Geschenk für Frau Bartsch.«

Wenn es stimmt, daß die meisten Menschen in ihren Briefen älter sind, besteht ja noch Hoffnung, dachte Linda und faltete den Brief zusammen. Sie legte ihn auf den Schreibtisch zurück. Was wollte ich denn eigentlich – sie sah den nassen Lappen auf dem Fenstersims liegen. Während sie dem Geweihfarn die Blätter abgewischt hatte, war ihr Widmers Brief eingefallen, weil sie sich wegen der Ankunftszeit vergewissern wollte. Sie strich vorsichtig mit dem Lappen über ein Blatt. Die Finger einiger Blätter waren an den Spitzen braun wie bei einem Raucher. Widmer fürchtete, Else Bartsch könnte ihm ein paar Monate vor Fertigstellung seiner Standardbiografie noch alles durcheinanderbringen. Über das Dach des Schuppens, der an den alternativen Kindergarten grenzte, lief ein Eichkätzchen wild hin und her. Es sprang auf einen Ast des Kastanienbaums, schwang sich weiter in die Zweige, schrieb eine Tuscheschrift in die Luft, die sofort wieder verschwand, Pinselschwünge, Wellenlinien, die Pfoten herumtanzende i-Punkte. Jeder Zweig stäubte eine Prise Schnee über die Schrift, immer an der falschen Stelle, immer zu spät. Die Fenster des Kindergartens waren mit Sauriern verklebt. Als Linda letzthin Vorlesungsmitschriften Josef Nadlers aus der Nazizeit, die sie auf einem Caritas-Flohmarkt gekauft hatte, entsorgen wollte, waren die zwei Papiercontainer bereits mit Hirten, Weisen und Engeln angefüllt. Wenn Linda im Garten eins der häßlichen Spielzeuge sah, die die Kinder liegenließen, ein zur Seite gekipptes Plastikauto oder eine Frisbeescheibe, kickte sie es in die Ecke. Einmal war sie absichtlich auf eine Trompete gestiegen, mit der ein Mädchen einen Nachmittag lang getrötet hatte. Die Kindergärtnerinnen trugen ihr Wissen um das Geheimnis der kleinen Terroristen in Form eines nicht abwaschbaren Lächelns herum – mit Vorliebe an Kreuzungen, wenn man darauf wartete, daß es grün wurde.

Linda zog ihren Pelzmantel an. Sie setzte die weiße Wollmütze auf, zupfte die Stirnfransen zurecht und warf einen Blick auf das Unglücksbild. Es hing in einer Nische des Flurs. Es war die Vergrößerung einer verwelkten Rose vor einer schlecht verputzten Hausmauer. Das Bild hatte ein unbegabter Lyriker gemacht und Tony geschenkt, ehe er nach Kanada zurückgegangen war. »Wenn es dir einmal sehr schlecht geht«, hatte Tony gesagt, »dann nimm das Bild mit beiden Händen und krach es in den Hof hinunter.«

Im Supermarkt, in der Käse- und Wurstabteilung, handelten die beiden Verkäuferinnen die letzten Szenen einer Scheidung ab. Manchmal unterbrachen sie ihr Gespräch für einen Augenblick. In diesen winzigen Spalt von Aufmerksamkeit mußte man seine Bestellung hineinzielen. Le mot juste. Linda überlegte, ob sie fürs Abendessen mit Widmer etwas einkaufen sollte oder ob sie essen gehen würden.

»Und fünfzehn –«, sagte sie.

»Das vierzehntägige Besuchsrecht ist wirklich ein Hammer für Yvonne.«

Die eine Verkäuferin wischte sich mit dem Ärmel über die Stirn. Die andere stand mit einem Turm von Salamiblättern, die sie auf einem Fettpapier balancierte, daneben und schnitt mit der zweiten Hand kategorisch den Wunsch des Vaters durch die Luft hindurch ab.

»Kommt überhaupt nicht in Frage. Das bringt das arme Kind nur durcheinander.«

»Und fünfzehn –«, sagte Linda.

Die Salamiverkäuferin schaute sie gequält an, als habe Linda sie gerade mit einer giftigen Migräne angesteckt.

»Und fünfzehn Deka Schopfbraten!«

Sie hätte gern gewußt, was in dem petrolfarbenen Aufstrich enthalten war.

»Und ein bißchen Olivenaufstrich.«

»Oliven? Das sind Kapern«, sagte die Verkäuferin.

»Oh, dann lieber nicht. Ich weiß nie, sind Kapern Tiere oder Pflanzen. Wissen Sie's?«

Die Verkäuferin legte den Kopf in den Nacken, sah ihre Kollegin an.

»Und wenn er glaubt, er kann anrufen, dann hat er sich getäuscht.«

Linda fiel ein, daß sie vergessen hatte, in der Buchhandlung anzurufen, ob Felix den Roman von Graeme Gibson hatte auftreiben können. Niemand kannte diesen Schriftsteller, dabei war er mit Margaret Atwood verheiratet und hatte einen Roman über einen Mann geschrieben, der eine Zeitlang glaubt, ein Elch zu sein. Soviel sie wußte, kam in dem Roman auch eine neurotische Frau vor, die verkrüppelte Tiere pflegt. Der Roman hieß *Five Legs*. Linda kaufte noch eine Tageszeitung, Zigaretten, für alle Fälle, und ein Glas Orangenmarmelade. In der Bäckerei nahm sie Dreikornbrot mit und verschiedene Vollkorngebäcke. Widmers Stimme hatte sehr angenehm geklungen am Telefon.

»Wie heißt es bei Arno Schmidt?« hatte er gesagt. »Man muß über jeden Tag im erwachsenen Leben des Forschungsgegenstands Bescheid wissen. Das gelingt mir bei HR nahezu vollständig.«

»Kunststück. Männer werden ziemlich spät erwachsen.«

Wieder in ihrer Wohnung, rief sie bei Felix an.

»Keine Chance«, sagte er. »Vielleicht solltest du es über deine kanadischen Verbindungen versuchen. Soll ich dir zum Trost eine neue Erdferkelgeschichte erzählen? Ich habe Post von Miss Aardvark bekommen aus Potschefstruem. Die Organistin, mit der Helmut. Sie hat einen Offizier geheiratet und lebt in einem weißen Haus in Kapstadt, wo sie die zwei Ozeane ineinanderfließen sieht. Und weißt du, warum sie nach Südafrika zurückgegangen ist? Weil sie den Widerspruch zwischen der marianischen Orgelliteratur und den schlechten Manieren der hiesigen Männer nicht ertrug.«

Linda schwieg.

»Sie Miss Aardvark zu nennen ist nicht in Ordnung«, sagte sie dann. Aus dem Garten bellte der Dalmatiner mit rauher, erkälteter Stimme. Es hörte sich an wie das Nebelhorn eines Schiffes, das sich langsam dem Hafen nähert. Felix mußte auflegen.

Sie dachte nach, ob sie sich jetzt gleich an den Computer setzen oder vorher ihre Haare waschen sollte. Der Tag war verdorben. Jeder noch so späte Termin strahlte in die Arbeitszeit davor. Die Versuchung, Tony wegen des Romans von Graeme Gibson anzurufen, war groß. Aber jetzt war es bei Tony drei Uhr morgens. Sie konnte ihn frühestens in fünf Stunden anrufen, und da war sie gerade am Bahnhof und wartete auf einen unbekannten Mann, der die Briefauswahl von Hermann Richter schwenken würde. Sie erinnerte sich, wie sie einmal in Clermont-Ferrand von einem Germanisten abgeholt worden war, den sie nicht kannte. Sie hatten kein Erkennungszeichen ausgemacht. Sie ging auf einen Mann zu, der wie ihr Zahnarzt aussah. Es war der Professor gewesen.

Sie würde englisch mit Tony reden, um ihm zu zeigen, wie leicht sie mit dieser Trennung schon umging, die doch gar keine war. Nicht, weil man die Entfernung bagatellisieren konnte, sondern weil sie ja nie zusammengehört hatten – nur einander zugehört ein paar Wochen lang mit dem Gefühl, die Neugier, das Suchen werde gestillt, und dann sei gleich Platz für neuen Durst, Hunger, Gier. Sie hatte zu spüren geglaubt, daß er sie ebenso elementar aufnahm wie sie ihn, daß sie Luft tauschten, daß ihre Stimmen in den Mund des anderen fielen.

Linda ging in ihr Arbeitszimmer, schaltete den Computer ein, sah die gespeicherten Programme über den Bildschirm jagen, so schnell, daß man es gar nicht lesen konnte, als rüttelte ein ungesunder Traum seinen Schlaf. Wenn er zur Ruhe kam, standen die Dienstprogramme da, und sie mußte nur die gewohnte Tastenkombination drücken. Das machte sie meist im Stehen wie ein Partygast, der das Klavier antippt. Der endgültige Entschluß zu arbeiten fiel erst, wenn sie eine Diskette einlegte und einen Text abrief. Sie war vor dem Bildschirm gesessen, Tony war hinter ihr gestanden und hatte, Kopf an ihrem Kopf, ein paar Zeilen geschrieben.

Im Bad ließ Linda sich das heiße Wasser über den Hinterkopf laufen. Sie versuchte, sich Else Bartsch vorzustellen. Knapp über siebzig, sehr selbstbewußt. Keine Angst, allein in dem kleinen Haus auf dem Berg zu leben. Graue Haare, hochgesteckt. Lachfalten um die Augen. Glatte Gesichtshaut. War HR der einzige große Funke in diesem Leben gewesen? Der einzige interessante Mann, an den sie geraten war, und dann nichts mehr, nur ermüdende Vergleiche, das Wissen, daß sie von ihrem Ehemann, diesem Beamten der Landesregierung, gewisse Sachen nicht erwarten durfte, aber dafür nahm er sie Jahr für Jahr mit auf den Ball im Landhaus in Graz. Sie hatte seinen Namen, sie durfte damit Geld von der Bank abheben, sie konnte sagen: ›mein Gatte und ich‹. Selbst wenn er ein eitler kleiner, sich zu wichtig nehmender Beamter der steirischen Landesregierung gewesen sein sollte, der darauf bestand, daß sein jeweiliger Titel auf dem Türschild noch am Tag der Beförderung ausgewechselt wurde, selbst wenn er einen schlechten Geschmack hatte und ohne seine Frau wie ein verkleideter Idiot ins Büro gegangen wäre, wenn er seine Frau nicht zu Wort kommen ließ und ihre Geschichten korrigierte, nur weil er die Daten irgendwelcher Habsburger zufällig auswendig wußte, selbst wenn er unerträglich langweilig gewesen sein sollte – Else Bartsch hatte es in all der Zeit gegeben. Man konnte ihre Anwesenheit bei diesem oder jenem öffentlichen Auftritt bezeugen. Niemand würde je auf die Idee kommen, eine Lebensbeschreibung von Sektionschef Franz Bartsch zu verfassen, aber noch im dümmsten Nachruf wäre gestanden: verehelicht mit. Im gesamten Tagebuch- und Briefwerk HRs hingegen gab es keine Else Bartsch. Man konnte ebensogut behaupten, HR habe eine Affaire mit einer Minna Droschl oder Hilde Fuchs oder Maxi Melzer gehabt – jeden Namen könnte man erfinden und hätte keinen Beweis, weil HR sein Geheimnis hütete und Gründe dafür hatte. Warum war sich Linda so sicher, daß es Else Bartsch in seinem Leben wirklich gegeben hatte? Daß die Frau nicht log, sich nicht, wie Widmer fürchtete, einen Spaß aus dem hundertsten Geburtstag des großen Schriftstellers machte? Er war bereit, zuzugeben – seine Wortwahl: zugeben –, daß Else Bartsch dem mehr als dreißig Jahre älteren Schriftsteller einen schwärmerischen Brief geschrieben haben könnte, floskelhaften Unsinn, der absolut bedeutungslos war und im Papierkorb landete, nicht mal unter *Leserpost* abgeheftet wurde, wie HR es sonst zu tun pflegte. Vielleicht hatte sie ihm ein Gedicht geschickt oder einen ganzen Zyklus von Frühlingsgedichten, ihm, dem

Romancier, und ihn um seine ehrliche Meinung gebeten. Und er hatte, wie in solchen Fällen üblich, nicht geantwortet. Nun wollte sie sich rächen und die Aufmerksamkeit erzwingen, die er ihr verweigert hatte. Sie konnte ihn jahrzehntelang vergessen haben, und nun, im Vorfeld der Hundertjahrfeier, war ihr etwas unter die Augen gekommen, eine kurze Zeitungsmeldung über ein Symposion, weiß der Himmel, was.

Wie schreibt man eine Biografie? dachte Linda. Wie erzählt man ein fremdes, verschlossenes Leben? Sie sah sich im Spiegel ins Gesicht, strich sich die Haare zurück, zog die Augenbrauen mit einem Finger in Form. Kinn höher. Man müßte lernen, die Lebensspuren, die einer hinterläßt, zu lesen als Reaktionen auf das geheime unsichtbare Leben – oder die vielen geheimen Leben, die Unruhen, die unter einem Vorwand zum Schweigen gebracht wurden. Herausfinden, welche Sehnsüchte er durchwandert hat. Vielleicht war es sogar einfacher, jemanden zu deuten, den man nie gesehen, dessen Stimme man nie gehört hatte. Was wußte sie denn von Tony, an den sie sich geschmiegt hatte – er konnte währenddessen an seine Ex-Libris-Sammlung gedacht haben oder an die Pläne seines Architekten für den Umbau des Hauses, an einen ungeklärten Punkt in seiner Steuererklärung fürs abgelaufene Jahr. Ebensogut konnte er die Unrast seiner künftigen Abende geahnt haben, an denen er sich nach diesen Minuten, nach dieser Stunde mit ihr sehnen würde. Ein Biograf müßte wissen, ob es jemanden gab, mit dem er so bei sich war wie mit niemandem sonst. Von dem er sich gern für die Außenwelt beschreiben ließe.

Linda stützte die Arme in die Hüften. Das war's gewesen in Else Bartschs Brief, deswegen glaubte sie ihr: »Er hat mir immer so ausgefallene Komplimente gemacht: *Du bist schlank wie eine Ameise.*«

Der Bahnhof war voll mit Studenten, die in die Ferien fuhren, Großmüttern, die keine Geschenke mehr selbst aussuchen durften, weil sie sich unter einem Gameboy, den der Enkel haben mußte, nichts vorstellen konnten. Linda reckte den Kopf und versuchte die Nummer des Bahnsteigs ins Blickfeld zu bekommen, auf dem in ein paar Minuten der IC »Robert Stolz« einfahren würde. Sie hatte die Taschenbuchausgabe der HR-Briefe nie gesehen. Sie besaß die gebundene. Es war eisig kalt. Ein Pakistani hielt ihr einen Strauß Rosen unter die Nase. Sie schüttelte den Kopf.

»Ich gut du gut«, sagte der Mann. »Du besser gut.«

In diesem Augenblick wurde eine Verspätung des IC »Robert Stolz« von fünf Minuten durchgegeben. Sie starrte den Mann an.

»Wieviel?«

»Dreihundert Schilling«, sagte er.

Sie erkannte Widmer schon beim Aussteigen. Er hatte das Buch in der Hand und hielt sich mit zwei Fingern an der Stange des Waggons fest, während er mit der anderen Hand einen Koffer nachzog. Er trug eine schwarze Baskenmütze über dem grauen Haar und einen kamelhaarfarbenen Wintermantel.

»Aah«, sagte er und streckte Linda die Hand mit dem Buch entgegen. »Rosen?«

»Für Frau Bartsch«, sagte Linda und nahm die Rosen in die andere Hand. Widmer steckte das Buch in die Manteltasche. Dann begrüßten sie einander.

»Nach Salzburg standen wir ein paar Minuten auf offener Strecke. Nicht identifizierter Wildwechsel.«

»Sie werden lachen,« sagte Linda. »Auf der Westautobahn wurde vor ein paar Jahren ein Thayaelch über –

» – ein was?«

» -fahren, der von der Thaya durchs Waldviertel bis

Melk gewandert war. Vor der Öffnung des Eisernen Vorhangs hatten sie im Todesstreifen überlebt.«

Widmer zog den Schal um seinen Hals enger. Er hustete zur Seite.

»Im Speisewagen hat es gezogen«, sagte er. »Bei uns ist es nicht ganz so kalt wie hier. Aber es liegt auch Schnee.«

Im Auto entschuldigte sich Linda, daß sie die Lüftung einschalten mußte. Widmer wischte mit einem Papiertaschentuch seine angelaufenen Brillengläser ab. Die Rosen hatte er im Schoß.

»Waren Sie schon oft in Graz?«

»Aber ja. Immer nur in Zusammenhang mit HR. Vor mehreren Jahren sollte ich das Nabl-Institut mitbegründen. Ich weiß nicht, ob Sie die Geschichte kennen. HR hat angeblich im Juni 1927 in Graz mit Paula Grogger eine gemeinsame Mahlzeit eingenommen. Einer der beiden muß dabei Klachlsuppe gegessen haben. Ich habe mir sagen lassen, daß Klachlsuppe eine Kraftbrühe mit einem Schweinsfuß ist. Ein Rezept in Paula Groggers Handschrift auf einem Kalenderblatt des *Steirischen Haussegens* aus dem Jahr 1927 in Nabls Nachlaß ist der einzige mögliche Beleg für eine Beziehung zwischen HR und Nabl. In Klammer unter der Überschrift *Klachlsuppe* steht Hermann R.«

»Gibt es andere Deutungen des R.?«

»Wie gesagt, ich bin skeptisch, darum habe ich auch die Gründungsmitgliedschaft abgelehnt. Aber diese Suppe habe ich gegessen. Ich muß sagen, sie ist mir nicht sehr gut bekommen. Wissen Sie, der Huf saß in einer grauen Brühe ... nun ja.«

Widmer schwieg und steckte die Nase kurz in die Rosen.

»Wenn ich an diesen Huf denke ... ich meine, ein Schweinshuf ist doch etwas relativ Zartes, oder? Das, was in meiner Suppe saß, war viel größer. Und trotz seiner Größe sah es zum Erbarmen aus – als recke ein Tier, das im Untergehen begriffen ist, den Huf aus dem Morast, ein letztes stummes Um-Hilfe-Winken.«

Er sah Linda von der Seite an und schneuzte sich.

»Ich werde mich doch nicht erkältet haben.«

Sie standen an einer Kreuzung. Linda streckte den Rücken durch und blickte zu Widmer. Er hatte nahezu schwarze Augen. Draußen war es schon dunkel.

»War Paula Grogger eine gute Köchin?« fragte sie.

Widmer hatte Else Bartschs Brief auf dem Tisch liegen. Vorsichtig führte er die Tasse mit dem Tee an die Lippen.

»Merkwürdig, daß sie mit der Schreibmaschine schreibt,« sagte er. »Das könnte eine Olivetti Lettera 22 sein.«

Er lehnte sich zurück und sah Linda mit seinen dunklen Augen an.

»Was bringt eine junge Frau dazu, ausgerechnet eine Anthologie mit Texten über Elche zusammenzustellen? Und vor allem: wer publiziert so etwas? In Kanada, ja, aber hier ... ich habe jahrelang niemanden getroffen, der sich für Elche interessiert. Und wenn es da nicht das Elchsgedicht gäbe, ich weiß nicht, ob ich jemals ...«

»Rauchen Sie?« fragte Linda. »Nein? Elche sind eine alte Liebe von mir. Ich kam wieder drauf, als ich auf diesem Sofa mit einem kanadischen Germanisten Romananfänge durchging.«

»Ich habe einmal geraucht. Vor vielen Jahren. Wieso Romananfänge?«

»Wir wollten den perfekten Romananfang finden. Er wollte einen Essay darüber schreiben. Von den Romanen hat uns keiner überzeugt. Der beste Anfang, den wir fanden, war schließlich die Ford-Madox-Ford-Biografie von Alan Judd. Sie beginnt: There are also the rich in spirit.«

»There are also the rich in spirit. Nicht schlecht. There are also the rich in spirit. Das fegt alles, was bis dahin über Ford Madox Ford geschrieben wurde, weg. Ich kenne Ford Madox Ford nur flüchtig, um nicht zu sagen: wenig. Hat er nicht etwas über den preußischen Chauvinismus geschrieben?«

»Genau. Haben Sie den ersten Satz zu Ihrer Biografie schon?«

»Ja.«

»Und? Verraten Sie ihn mir?«

»Ich habe ihn noch niemandem gesagt. Offen gestanden hat mich auch noch keiner danach gefragt. Ich beginne mit dem Satz: Hermann Richter wurde mit einiger Wahrscheinlichkeit nicht am 22. Dezember 1896 geboren.«

»Nein?«

»Nein.«

»Und warum nicht? Oder besser: warum gerade an diesem Tag nicht?«

»Die offizielle Geburtsurkunde zeigt unter dem zweiten Zweier des Datums Spuren von Manipulation. Eine Schraffierung, als wäre mit dem Fingernagel gekratzt worden.«

»Wäre es möglich, daß der Beamte zu dem Zeitpunkt – Dezember – eine vorweihnachtliche Grippe hatte, daß er sozusagen die Nase voll hatte und daß er...«

Widmer nahm die Brille ab und legte sie sorgfältig auf den Tisch. Er griff sich mit Daumen und Zeigefinger an die Nasenwurzel und schloß die Augen. An seinem Ringfinger steckte ein Ehering. Er schob mit dem Nagel des kleinen Fingers den Ehering hin und her. Es mußte eine automatische Bewegung sein. Linda sah ihm zu, bis er die Augen öffnete.

»Das heißt nicht weniger, als daß ich recherchieren müßte, wie der Beamte hieß und in welchem Gesundheitszustand er sich am 22. Dezember 1896 befand. Das ist grauenhaft.«

»Sie können natürlich auch anders beginnen,« schlug Linda vor. »Mit dem ältesten Trick.«

»Und der wäre?«

»Ackroyd hat ihn kürzlich erst wieder bei seiner Dickens-Biografie angewendet. Charles Dickens was dead.«

»Das ist plump.«

»Ich gebe Ihnen völlig recht.«

»Lassen Sie mich vermuten: Ackroyd beschreibt im zweiten Satz vermutlich die Szenerie, das Totenbett, den Gesichtsausdruck et cetera … der letzte Blick auf den Mann, und dann setzt also die Arbeit ein. Man weiß, man muß durch das ganze Leben hindurch, bis man wieder bei diesem letzten Blick angekommen ist.«

»Dickens war tot. Er lag auf einem schmalen grünen Sofa.«

»Sehen Sie. Und auf dieses schmale grüne Sofa steuert Ackroyd nun eine Biografie lang zu.«

Widmer rückte in seinem Fauteuil zurecht. Langsam setzte er seine Brille wieder auf. Er sah Linda in die Augen, einmal ins linke, dann ins rechte, dann nochmal ins linke, wo er blieb, als könnte er ihr da mehr vertrauen.

»Sie werden sich fragen: Warum macht man das überhaupt? Warum opfert man so viel Lebenszeit, um die Lebenszeit eines anderen abzuschreiten, herauszufinden, was diesen Menschen – diesen zugegebenermaßen außerordentlichen Menschen – bewegt hat? Was in ihm vorging, als er sich entschied, seinen Roman über den Ersten Weltkrieg abzubrechen, nachdem er fünf Jahre daran gearbeitet hatte, fünf Jahre Arbeit und dann nichts, kein

Ergebnis außer einer schmalen Novelle, die ein paar Bilder aus dem Romanmaterial aufnimmt ... wozu braucht man das Leben, wenn man das Werk hat?«

Er hielt inne. Er hatte einen Ball bis an den Rand der Klippe geschossen. Linda suchte nach einer Antwort.

»Weil es das Werk ohne das Leben nicht gäbe«, sagte sie.

»Ja, schon, aber das Werk existiert dann unabhängig vom Leben. Wir haben seine Romane, seine Novellen, wir haben die wenigen Gedichte ... und wir wissen nicht, wie kommt HR mit einemmal dazu, ein Elchsgedicht zu schreiben. Aber gut, damit kann man leben, mit diesem Rätsel. Oder?«

Linda verzog den Mund zu einem schiefen Lächeln.

»Nein. Ich will das wissen. Und Sie auch. Ich dachte, Sie wissen es. Ich habe mir das sehr einfach vorgestellt. Man ersucht den Spezialisten um einen kurzen Kommentar zu einem Text in einer Anthologie. Sie werden ohnedies nur in einer Fußnote vorkommen...«

»Vielleicht sollten Sie Ihren Anmerkungsteil *Hufnoten* übertiteln – «

»Vielleicht ist *vielleicht* das Lieblingswort des Biografen.«

»Ganz sicher sogar. Und zugleich sein bestgehaßtes. Sie erlauben.«

Widmer ging auf die Toilette. Auf dem Rückweg blieb er im Flur stehen.

»Ich seh mir das Bild an. Haben Sie die Rosen für Frau Bartsch eingewässert?«

»Du liebe Zeit. Da können wir ihr gleich das Bild mitbringen. Lassen Sie mich nicht vergessen morgen.«

Linda ging in die Küche und ließ Wasser in eine Vase laufen.

»Was soll ich Sie nicht vergessen lassen?«

»Das Bild. Die Rosen. Die Vorlesungsmitschriften

von Nadler, die ich endlich in den Container bringen will.«

»Moment – Sie wollen doch nicht sagen, daß Sie Vorlesungsmitschriften von Josef Nadler besitzen?«

Widmer stand im Türrahmen der Küche. Linda zeigte unter seinem aufgestützten Arm durch auf das Bündel Papier. Widmer ging mit knackenden Gelenken in die Hocke und versuchte, die Schnur aufzuknüpfen. »Na«, sagte er und zog die Hand hoch. Er hatte sich einen Fingernagel eingerissen. Linda brachte ihm eine Nagelschere. Er preßte seinen Zeigefinger gegen den Türrahmen und schnitt langsam um die Fingerkuppe herum. Das zu Boden gefallene Stück Nagel fegte er mit dem Fuß unter den Küchenschrank. Dann trennte er mit der Nagelschere die Schnur durch.

»Das ist ja nicht zu fassen. *Deutsche Literatur der Gegenwart. I. Teil. Wintersemester. II. Teil. Sommersemester. Die volksdeutsche Dichtung der Gegenwart.* Das ist ja nicht zu fassen. Und das wollen Sie wegwerfen?«

Linda sah zu ihm hinunter. Sie biß die Lippen aufeinander. Widmer strich zart über den Umschlag, schlug das erste Skriptum auf. Es war einzeilig beschrieben, Maschinschrift, hohe, vergilbte Blätter in einem Format, das es nicht mehr gab. Linda betrachtete Widmers Hände, die leicht geröteten Fingerknöchel.

»Über HR werden Sie da nichts drin finden«, sagte sie.

»Was ist das denn, hier fehlt offenbar der Originalumschlag. *Grillparzer und die österreichische Dichtung.* Das sieht aus, als hätte es ein Amerikaner geschrieben. Ich habe noch keinen Amerikaner getroffen, der aus seiner Schulschrift herausgewachsen wäre. Aber jetzt sagen Sie mir doch, Linda, wie kommen Sie auf den Gedanken, diese Skripten wegzuwerfen? Sie wissen so gut wie ich, was sie bedeuten. Man gibt so etwas nicht weg. Ich könnte mir nicht vorstellen, unter welchen Umständen ich ... ich versteh das nicht.«

Linda sah ihn an, als redeten hinter ihrer Stirn zwei Stimmen und sie müßte entscheiden, welche sie ihn hören lassen sollte. Sie zuckte die Achseln.

»Sie sind der Biograf«, sagte sie schließlich. »Das ist doch das kleine Einmaleins, hinter solche Dinge zu kommen. Das sind Fingerübungen.«

»Allerdings«, sagte Widmer und fuhr sich mit einem Finger über den abgeschnittenen Nagel. »Hier, wer sagt's denn, da haben wir Paul Ernst. *... gelang es ihm, 1925 zu St. Georgen in der Steiermark einen neuen Landsitz zu gewinnen. Hier ist er unter dem Anbruch der neuen Zeit, die er verkündet und vorgelebt hat, gestorben, und auf niemanden trifft das bitter verzichtende Hebbelwort besser zu: ›Bald fehlt uns der Becher, bald fehlt uns der Wein.‹*«

»Mögen Sie Schilcher?« fragte Linda.

»Wie? Paul Ernst traf 1929 mit Paula Grogger auf dem Christkindlmarkt in Graz zusammen und diskutierte mit ihr sein Mysterienspiel *Weltwende*. Er hatte es nach einer spanischen Vorlage geschrieben, ich glaube, es war Lope de Vegas Stück *Der Hund des Gärtners*.«

»Sonst müssen wir nämlich essen gehen.«

»Ich würde Sie gern einladen. Ja, ich kenne den Schilcher. Denken Sie, ich würde es wagen, eine Biografie über HR zu schreiben, ohne diesen Wein zu kennen? Ich habe mich auch durch Paul Ernst gelesen – teilweise. Wie hieß das Stück noch gleich, so eine Art Readers Digest der Weltweisheit – *Erdachte Gespräche*.«

»Worauf ich noch warte«, sagte Linda und schob sich ein Stück Lauch in den Mund, »das ist eine adäquate musikalische Umsetzung des Elchhaften – der Solchheit des Elchs, wie ein Freund von mir sagen würde, der japanische Architektur studiert hat. Für Schafe gibt es das schon. Ich weiß nicht, wie vertraut Sie mit dem *Messias* sind.«

Widmer setzte sein an die Lippen geführtes Glas wieder ab.

»Der Chor *And we like sheep have gone astray*. Ich kenne nichts, was das ruckartige Vorstoßen von Schafsnasen, wenn sie in der Herde gehen, so vollendet darstellt. Ein optischer Eindruck, der ganz und gar aufgeht in einem akustischen. Aber nicht etwa das Blöken, sondern das bloße Vorrücken der einzelnen Schafsköpfe, einmal da, einmal dort – and we – like – sheep –«

»Es ist mir jetzt nicht gegenwärtig. Leider. Und wie müßte die Umsetzung eines Elchs in Musik klingen?«

»Ich habe keine Ahnung. Ich müßte eigentlich wissen, was einen Elch im innersten Wesen ausmacht. Was sein Lebensgesetz ist. Floericke sagt, daß sie tölpelhaft und sehr vergeßlich seien.«

»Habe ich richtig verstanden, Flörike, nicht Mörike?«

»Kurt Floericke. Er hat 1930 einen Kosmos-Handweiser für Naturfreunde herausgebracht: *Wisent und Elch*. Ein wunderbares Buch.«

Widmer schnitt ein Stück von seinem Kalbsbries ab.

»Elche weiden das Gras übrigens im Rückwärtsgehen ab, wegen der überhängenden Oberlippe. Schreibt Leonardo da Vinci, den Floericke offenbar nicht gelesen hat.«

»Und kommt HR Ihrer Meinung nach dem Elchswesen nahe in seinem Gedicht?«

»Schwer zu sagen. Die eine Zeile, *schiebt sich verkreuzt mich ein Elch?* hat mir schon viel zu denken gegeben. Meines Erachtens läßt sich diese Zeile nur krampfhaft mit einem männlichen Autoren-Ich in Einklang bringen, aber das wissen Sie ja schon aus unserer

Korrespondenz. Wie Sie selbst sagen, war HR alles, was auch nur im entferntesten mit Jagd zu tun hatte, zutiefst fremd. *Schiebt sich verkreuzt mich ein Elch* als Jagdphantasie zu interpretieren, *schiebt sich* zu deuten als das Sich-Vorbeischieben des Elchsbildes im Fernrohr, *verkreuzt mich* assoziativ zurückzuführen auf Kreuzfeuer – das ist nicht stimmig.«

Widmer hörte ihr traurig zu.

»Ich weiß, liebe Linda Götz, ich weiß, ich weiß. Ich kenne Ihren Standpunkt. Ich möchte ihn nicht desavouieren, indem ich ihn feministisch nenne. Es ist leider nur zu üblich geworden, männliche Autorenschaft anzuzweifeln, wo immer es geht. Im Falle von HR ist es nicht nur absurd, es ist überhaupt nicht nötig. Lassen wir ihm doch diesen Fauxpas. Ja, ich will *auch* wissen, was wirklich dahintersteckt. Und zugleich will ich ihn bewahren vor – vor Verleumdungen, vor der Beschmutzung seines für mich nun einmal unantastbaren reinen Geistes, wenn Sie verstehen, was ich meine. Linda, das Gedicht endet mit der Zeile: *das schneuzt mich ganz tief.* Ich habe in der *Deutschen Vierteljahrsschrift* dazu Stellung genommen, Sie wissen es, Sie kennen meine These. HR war – nun, er war besorgt, was seine Gesundheit betrifft. In den *Kränkungsbüchern* finden Sie unzählige Stellen, die auf seine grüblerische Einstellung den eigenen Körpervorgängen gegenüber Bezug nehmen. Ich brauche nicht zu zitieren. *Das schneuzt mich ganz tief.* Für mich ist es in nuce die Erfahrung, die ein Schreibtischjäger mit Elchen machen kann. Es ist eine Phantasie. Und sie muß, sie muß für HR in einem Schnupfen enden. Das ist der einzig denkbare Ausgang eines solchen Abenteuers für einen Menschen mit der psychischen Konstitution Hermann Richters.«

Widmer hustete in seine Serviette.

»Sie lieben ihn sehr, Ihren HR, nicht wahr?« sagte Linda. »Verraten Sie mir, warum? Was an ihm – welches Detail, welche Szene, welche Situation?«

Widmer nahm die Brille ab und legte sie neben sein Weinglas. Er schaute auf seinen Teller. Seine schwarzen Wimpern schlugen ein paarmal weich gegen die Lider. Dann sah er wieder Linda ins Gesicht, aber nicht in die Augen. Sein Blick graste ihre Wangen ab, ihren Mund, ihr Kinn, den Hals.

»In den *Kränkungsbüchern* aus den vierziger Jahren gibt es eine Stelle, die mich nie mehr losgelassen hat. Nicht, weil sie literarisch so wertvoll wäre. Die Stelle lautet: *Man hat mir oft vorgeworfen, ich sei rasch gelangweilt, ich zeige meine Langeweile durch ein arrogantes Gähnen. Die Wahrheit ist, daß ich sehr oft gerührt bin und diese Rührung unter dem Gähnen verstecke. Seit meiner Kindheit habe ich Angst vor meinen Tränen gehabt. Manchmal gelang es mir, mich mit dem Verstand an die kurze Leine zu nehmen. Dann ging ich bei Fuß neben mir her, gespreizt und betäubt vom Befehl. Bis ich dieses Gähnen entdeckte, das zu meiner Rettung wurde.*«

Linda hatte die letzten Sätze auf seinen Lippen mitgelesen.

»Bis ich dieses Gähnen entdeckte, das zu meiner Rettung wurde. Sie haben ein gutes Gedächtnis. Die Stelle ist wunderbar. Der Mann ist wunderbar, der dies schreibt.«

Sie schwiegen miteinander. Der Kellner schenkte ihnen Wein nach.

»Die *Kränkungsbücher* sind in der Tagebuchausgabe mit K bezeichnet. HR hat heimlich in den *Kränkungsbüchern* geschrieben. Nora durfte davon nichts wissen. Der Konsens in der Germanistik ist, daß die Existenz dieser *Kränkungsbücher* sie so gedemütigt hätte, daß sie es ihm mit den üblichen Mitteln heimgezahlt hätte, also Migräne, Schlafstörungen, Hyperaktivität im Haus. HR fürchtete nichts so sehr wie ihre Umräumaktionen. Er hatte eine anfällige Wirbelsäule. Wissen Sie, es ist sehr einfach, ihn als Hypochonder abzustempeln. Ich glaube nicht, daß er überempfindlich war oder verweichlicht, er war im höchsten Maße sensibel. Es wäre töricht, von ihm zu verlangen, er hätte seinen Körper davon ausschließen sollen.«

»Kinder gab's keine«, sagte Linda.

»Nein, und das ist auch völlig richtig so. Künstler sollten sich nicht fortpflanzen. Es hat etwas Ordinäres an sich, Originalität konservieren zu wollen. Letztlich haben die großen Künstler doch nur Auskunftgeber in die Welt gesetzt. Besuchsempfänger. Symposionsgäste, die immer alles besser wissen als die Experten und es sie auch fühlen lassen.«

Linda überlegte, ob sie etwas zu Noras Gunsten sagen sollte. Aber sie hatte keine Lust, diese vielleicht wirklich dumme Person zu verteidigen. Was hieß schon dumm. Strategien waren immer Reaktionen.

»Was macht Sie so sicher, daß es in HRs Leben keine andere Frau gab nach der Heirat mit Nora?«

»Er hat spät geheiratet. Er war schon über vierzig. Er war es müde, sich diesen Aufregungen auszusetzen. In den *Harmlosen* sagt Alice zu Friedrich: *Mein lieber Fritzl, du warst einmal ein Charmeur. Ein ganz gefährlicher Charmeur. Die Pauline hätte sich fast umgebracht wegen dir. Und du hast ihr einen Strauß Rittersporne geschickt. Sie hat mirs erzählt. Und jetzt, Fritzl, bist du fast ein Frauenverächter geworden.* Und Friedrich sagt: *Ich habe es satt, daß sich meinetwegen Frauen fast umbringen.* Sie wissen, daß *Die Harmlosen* ein wenig gespieltes Stück ist. Haben Sie's je gesehen? Nein? Ich sah mal eine Aufführung in Princeton. Das German Department hatte sich redliche Mühe gegeben. Jedenfalls ist meine These, daß HR Angst hatte, Nora könnte einen Suizidversuch machen, wenn er sie betrügt. Die meisten Ehen sind ein kompliziertes System von Stillhalteabkommen, liebe Linda. HR hatte Angst vor Nora. Nicht nur, daß sie sich gefährden könnte. Auch vor ihrem eigenartigen Humor. Es kam vor, daß sie auf Gesellschaften, wenn er sich zu lange mit jemand anderem unterhielt, anfing, Witze zu erzählen. *Die* Sorte Witze.«

»Warum ist er dann aber bei ihr geblieben, wenn alles so furchtbar war? So, wie Sie Nora beschreiben, muß sie ihn überall behindert haben.«

»Meine Erklärung ist die, daß er ab einem gewissen Alter nicht mehr die Energie aufbrachte, sich aus dieser Umklammerung zu lösen. Er lebte mit diesen Verrenkungen, wie man mit einem chronischen, lästigen, aber erträglichen Leiden lebt. Und es war nicht alles furchtbar. Sie war eine attraktive Frau, vergessen Sie das nicht. Sie war sieben Jahre jünger als er. In den vierziger Jahren trug sie diese verrückten Hüte, die auf den Frauenbildern von Picasso zu sehen sind. Eng am Kopf sitzende, kleine Hüte in abenteuerlichen Formen. Das paßt nicht jeder Frau, aber Nora sah hinreißend darin aus. Es gibt ein Foto aus den dreißiger Jahren, da steht sie mit Zuckmayer und HR auf dem großen Platz vor dem Hotel Europejski in Warschau und hält mit einer Hand den Hut fest, weil der Wind so bläst. Schwarzes, tailliertes Kostüm, schlanke Beine, der hochgehobene Arm, es ist ein sehr erotisches Bild. Und die Aufnahmen aus Cap Brun in Südfrankreich, wo sie mit HR eine Weile in einem kleinen, primitiven Haus wohnte. Auf einem Foto lehnt sie lachend an der Haustür, ihr Gesicht halb im Schatten, links und rechts neben der Tür weiße Fensterläden, über ihrem Kopf hängt ein Vogelkäfig, wie man sie an der Seine sieht. In einer Hand hält sie eine

Zigarette, in der anderen einen Aschenbecher. HR steht neben ihr, im Profil, und ist einfach gut gelaunt, er ist zufrieden, er steht da in seinem weißen Hemd, das über dem Bauch mächtig spannt, er blinzelt in die Sonne, aber er steht so da, als wollte er niemanden an Nora heranlassen. Er konnte durchaus eifersüchtig sein.«

»Der Elchshirsch ist eifersüchtig wie ein Türke, schreibt Floericke.«

Widmer lachte.

»Floericke ist aber auch ein zu schöner Name. Es klingt nach Florilegium, Blütenlese, Anthologie.«

»Das ist mir noch gar nicht aufgefallen«, sagte Linda.

Auf dem Heimweg durch den Stadtpark wäre Widmer beinahe von einem Radfahrer angefahren worden. Er sprang zur Seite, trat auf eine vereiste Stelle, fing sich aber noch.

»Wir sind auf der Radfahrerspur gegangen«, sagte Linda. »Haben Sie sich wehgetan?«

Widmer strich seinen Kamelhaarmantel hinunter und schüttelte den Kopf.

»Auf der Hochzeitsreise nach Südtirol wurde HR in Bozen von einem Motorradfahrer knapp verfehlt. Er beschreibt, wie er plötzlich diesen lauter werdenden Lärm hört, dann einen *rasierenden Schlag* gegen die rechte Ferse, er trug Haferschuhe, das rettete ihm wahrscheinlich den Fuß. Er wurde nur leicht vorgeschleudert, stolperte ein paar Schritte, fiel aber nicht, genau wie ich. Nora war übrigens noch im Hotel. Der Motorradfahrer hatte weniger Glück. Er bremste, kam ins Rutschen, überholte rutschend HR, aber ohne ihn zu berühren, und drehte sich auf der Seite schlitternd ein paar Meter vor HR im Kreis. HR ging auf ihn zu und half ihm auf.«

Linda hatte die Arme steif am Körper entlang gestreckt, bohrte mit den Fäusten in ihre Manteltaschen.

Der Himmel schien sich in eine endlose uralte Kälte hinauf geöffnet zu haben.

Zuhause, während sie Marillenschnaps in zwei Gläser schenkte, blätterte Widmer in den Nadler-Skripten.

»Ich sehe nach, ob er Agnes Miegel erwähnt. Die *hallenden Strophen der nordischen Seherin*, wer sagte das doch gleich ... Agnes Miegel stammte aus Ostpreußen. Sie kann gut und gern einen Elch gesehen haben. Sie sollten sie mal daraufhin durchlesen.«

Linda ließ sich aufs Sofa fallen.

»Wissen Sie, wer außer Else Bartsch noch auf meine Anzeige im *Tierfreund* geantwortet hat? Der Generalimporteur für schwedische Gußeisenöfen. Er schickte mir einen Prospekt. Es gibt einen Ofen namens JØTUL mit einer Elchsszene drauf. Ich hole ihn.«

Linda stand wieder auf und ging zu ihrem Schreibtisch.

»Schade, daß Sie Zentralheizung haben. Da ist ja ein schwedischer Spruch. Haben Sie sich den mal übersetzen lassen?«

»Nein. Aber das kommt schon noch. Was mir besonders gut gefällt, sind diese zwei Vögel, die über der Elchsfamilie fliegen.«

»Ek grev ned min eld,« las Widmer langsam. »Sent om kveld. Was kann das heißen. Ek grev ned min eld. Ich greife meinen Elch nicht. Ich kriege ihn nicht zu fassen. Man müßte Schwedisch können. Ich kann nur Griechisch und Latein. Alces, der Elch. Auf Ihr Wohl, Linda!«

»Auf Ihr Wohl!«

»Auf morgen! Ich gebe zu, ich bin sehr neugierig.«

Er hob sein Glas, senkte es wieder.

»Wollen wir nicht Du zueinander sagen? Als Verbündete? Als gemeinsam Verrückte?«

Widmer legte seinen Arm um Lindas Arm.

»Verkreuzt mich ein Elch«, sagte Linda. »Prost – Hermann! Ich weiß von dir nicht viel mehr als deinen Namen.«

Widmer berührte flüchtig ihre Lippen. Er schloß die Augen, dann lehnte er sich zurück.

»Was hast du da gesagt?«

Linda konnte lange nicht einschlafen. Einmal meinte sie, Widmer im Wohnzimmer reden zu hören, dann kam ihr vor, er mache das Fenster auf. Sie warf sich immer wieder auf die andere Seite, weil sie so, wie sie lag, für alle Gedanken offen zu sein schien. Gespräche fielen in sie ein, zerredeten ihre mühsam ein paar Sekunden zusammengehaltene Ruhe. Hörspiele mit fremden Stimmen spulten sich ab. Es war, als habe eine bösgesinnte Macht ihren Kopf gemietet, um darin jeden, der wollte, reden zu lassen. Sie mußte sich auf etwas konzentrieren. Felix hatte ihr erzählt, wenn er nicht einschlafen könne, stelle er sich ein schwarzes Ölbild vor, in dem er verschwinde. Sie sah Felix vor sich, wie er das schwarze Ölbild hielt. Es saß auf seinem rechten Fuß auf, und er winkte ihr, sie solle eintreten. Kaum hatte sie den Schritt getan, legte sich eine ölige schwarze Haut über ihr Gesicht.

Sie versuchte an Tony zu denken. So genau sie das Gesicht von Felix vor den geschlossenen Augen gehabt hatte, so unmöglich war es nun, Tonys Gesicht abzurufen. Sie fuhr mit der Wange das Kissen hinauf und hinunter. Sie stand in dem Antiquariat in Wales und lehnte mit dem Kopf an Tonys Brust. Sie sah die Buchrücken, Buchstabe M, sie hörte sein Herz schlagen. Ihre Augen liefen über die goldgeprägten Titel. Wenn sie nicht aufhörte damit, würde ihr übel werden. Ihre Hand schob sich um den Rücken des Mannes, sein Arm lag um ihre Schultern. Am Vorabend hatten sie einander bei einem

Essen kennengelernt. Diese Amerikanerin, eine Bekannte Tonys, die mit einem Politiker aus Wales zusammenlebte und in London eine Friedensgruppe gegründet hatte. *We stopped ironing our underwear years ago.* Irgendwo hörte man jemanden gehen, zwischen den Regalen. Stehenbleiben, Scharren. Knacken. Sie hatte in Tonys Hemd gelacht. »What is it?« hatte er gefragt. Sein Rückgrat lief wie eine Schlucht zwischen den Schulterblättern hinunter. Ihr Finger folgte den Vorsprüngen, Kanten, Mulden. Sie spürte, wie er sich spannte, wie seine Hand nun über ihren Rücken strich, wie er ihr flaches Becken an sich drückte, wie sich die Erde verschob und Falten warf, wie leise stöhnend ein anderes Erdzeitalter begann, mit Verschieben, Überlagern, Überwerfen.

Linda steckte den Kopf ins Kissen, bis ihr heiß wurde. Tony nahm ihren Kopf in beide Hände, sah sie an. Jetzt war sein Gesicht da. Lider. Lidschlag. Seine Pupillen waren eng, er kämpfte. Was stürzte jetzt durch seinen Kopf. Wie alt er war. Wie seine Hände lockten. Er musterte Linda, als könnte er an ihr ablesen, ob er sich lächerlich machte. Sie schmunzelte.

»What is it?«

Sie sagte es wie er, mit einem leisen Hauch vor dem W. Seine Pupillen waren vorsichtiger als seine Hände. Kleine schwarze Punkte, schwarzes Blei. Sie sah, wie er schluckte. Sein faltiger, dunkler Hals. Irgendwann würden sie den ersten Schritt gemeinsam tun müssen, er, dieses *alte Tier*, sie, sein jüngeres Pendant, heller, weiblich, ohne Panzer, ohne Scharniere, ohne Rüstung. Nichts gewußt. Nicht einmal das Sternzeichen.

Linda hörte etwas winseln. Sie setzte sich im Bett auf. Es war ein hoher Ton, ein Schmerzgesang. Sie stand auf, in der Küche war Licht. Widmer hob eben mit einem Geschirrtuch in der Hand den Teekessel vom Herd.

Er hatte einen japanischen Morgenmantel über dem Pyjama und seinen Schal um den Hals.

»Verzeih, ich habe dich aufgeweckt. Ich hatte solch ein Stechen im Hals. Ich ließ dummerweise das Fenster offen und schlief ein.«

»Der Elch wird im Schlaf gefangen«, sagte sie. »Leonardo schreibt, daß der Elch sich an einen Baum lehnt und einschläft. Sie haben ihre bestimmten Schlafbäume, die Jäger sägen diese Bäume an, und wenn sich der Elch anlehnt, fällt er mit dem Baum um.«

Sie gingen ins Wohnzimmer. Linda setzte sich in einen Fauteuil und streckte die Füße unter Widmers Bettdecke. Widmer saß auf dem Sofa und hielt die Teetasse mit beiden Händen.

»Du mußt denken, ich bin ein ebenso hoffnungsloser Hypochonder wie HR. Ich werde dir etwas erzählen.«

Er löste eine Hand von seiner Tasse und griff unter der Decke nach ihren Füßen.

»Eiskalt. Ich war fünf. Ich war bei einem Spielkameraden eingeladen, der ein Kasperletheater bekommen hatte. Seine Mutter und seine Tante führten für uns Kinder – wir waren eine ganze Gruppe – ein Stück auf. Sobald ich begriffen hatte, daß die eine Figur in dem Stück immer verlieren würde, rannte ich aus dem Zimmer. Ich war völlig erschüttert. Ich heulte in der Küche, in die ich mich geflüchtet hatte. Die Mutter meines Freundes kam nach, und wir verhandelten über meinen Schmerz. Im Zimmer drin johlten die anderen Kinder. Ich wußte, daß ich da nicht mehr hineingehen würde. Was mich aber noch mehr kränkte als dieser Schmerz über die arme Figur, war das Entsetzen, mit dem die Frau meine Traurigkeit als etwas ganz Unmögliches oder Unnatürliches abtat. Ich erschrak vor mir selbst. Und ich bekam Angst vor meiner Angst. Irgendwie kam auch heraus, daß ich die Mutter meines Freundes beleidigt hatte durch meine Unfähigkeit, mit den anderen Kindern ausgelassen und fröhlich zu sein. Und das kehrte immer wieder mal zurück. Dieses Gefühl, daß ich mich schämen müßte für meinen Ernst, der oft genug als Feigheit mißverstanden wurde.«

Linda spürte seine warme Hand um ihre Zehen.

»Ich war manchmal wirklich feige«, fuhr er fort. »Ich habe zum Beispiel nie spekuliert bei Prüfungen, schon in der Schule nicht. Für mich galten diese Gesetze noch: nicht zu spät in den Unterricht zu kommen, die Hausaufgaben zu machen, sich auf eine Prüfung vorzubereiten. Aber ich spürte die Freiheit der anderen, einiger weniger anderer, in dem anarchischen Raum, den sie sich schufen. Sie gaben mir das Gefühl, ich sei lebensuntüchtig, ich würde nicht *durchkommen* im Leben.«

Er nahm einen Schluck Tee.

»Frierst du nicht?«

Sie schüttelte den Kopf.

»Du bist eine eigenartige Frau«, sagte er. »Ich weiß nicht, warum ich hier sitze und dir das erzähle. Wenn meine Frau mich so sähe, meine Güte. Wir sind doch Fremde, Linda. Der Morgenmantel ist vom Germanistenkongreß in Tokio. Viel zu dünn. Aber du solltest dir etwas überziehen. Mich friert, wenn ich dich ansehe. Soll ich dir einen Pullover holen?«

»Bring mir, was du gerade findest.«

Widmer stand auf und ging in ihr Schlafzimmer. Sie hörte, wie er eine Schublade aus der Kommode zog. Er kam mit ihrem schwarzen Pullover zurück, der den großen schalartigen Kragen hatte. Sie schlüpfte hinein und legte sich den Kragen zurecht.

»Du bist – sehr lieb. Ich kenne das Gefühl, wenn man für feige angesehen wird. Man entwickelt verschiedene Strategien dagegen. Man gerät immer wieder an Menschen, die nicht zulassen, daß man seine Stärken zeigt.

Weil das Eigenschaften sind, die den anderen verstören. Sie knipsen die komische Seite in einem an, und man läßt es geschehen. Oder man spielt es gleich von Beginn an. Es ist einfacher so. Und es ist manchmal ja auch wirklich lustig. Weißt du, wie ich dich und HR gemeinsam sehe? Ihr steht in einem sonnenüberfluteten Zimmer und vergleicht eure Tabletten gegen die Halsschmerzen. Jeder hat eine Tablettenschachtel in der Hand und den Beipackzettel, und ihr lest, welche weniger schädlich sind.«

»Damals gab's noch keine Beipackzettel, Linda. Aber sonst hast du recht.«

Er schob die Tasse mit dem Tee weg. Sie begann von Tony zu erzählen. Erst hatte sie noch das Gefühl, sie sei Widmer eine Geschichte schuldig. Dann verschwand das. Einmal fiel ihr auf, daß sie mit einer höheren Stimme als üblich sprach, so als balanciere sie die Sätze auf einem hohen Seil über ihre dunkel lauernde Sehnsucht hinweg. Sie hörte sich sagen, daß sie die ganze Sache viel zu ernst genommen hatte. Sie hörte sich lachen dazu. Sie hörte Widmers Schweigen, sie hörte, wie er ihr zuhörte, und je länger er ihr zuhörte, desto mehr nahm das alles Gestalt an. Er fragte nur einmal, wie alt Tony sei, und als sie sagte, Mitte fünfzig, kam ihr das vor, als beichtete sie einem Arzt ein Symptom.

»Er hatte sein Sabbatical«, sagte Linda. »Er war zufällig zu diesem Literaturfestival nach Wales gefahren, weil er durch eine amerikanische Bekannte davon gehört hatte. Es hatte nichts mit seiner Arbeit zu tun. Und ich schrieb einen Artikel darüber. So trafen wir uns. Dann sahen wir uns in Wien, wo er eine kleine Wohnung hatte. Dann kam er nach Graz.«

»Und dann habt ihr Romananfänge studiert.«

»Ja.«

Widmer atmete tief durch.

»Ich hatte vor Jahren mal eine Freundin«, sagte er. »Ich war soweit, meine Frau zu verlassen. Aber ich hab's nicht getan. Wenn ich mir vorsagte, sie verdient es, daß du sie verläßt, sie versteht dich in so vielen wichtigen Dingen nicht, so viel ist einfach festgefahren und wird sich nicht mehr ändern – dann stimmte es. Und wenn ich mir im nächsten Augenblick sagte, sie verdient nicht, daß du sie verläßt, sie hat so lange mit dir gelebt, sie hat deine Kinder großgezogen, und sie hat dir so viele Jahre die Socken zusammengelegt und ineinandergesteckt, so daß sie nicht durcheinanderkommen ... sie hat dir das Bett frisch überzogen, und sie hat sich von deiner Mutter das Rezept für Mohnkuchen geben lassen, sie hat sich *bemüht* – dann stimmte das ebenso. Wenn dein Tony verheiratet ist, dann kann ich ihn verstehen. Dann hat er Angst gehabt, du, deine Jugend, ihr könntet ihn hinausschleudern irgendwohin, wo er alleine landet. Wo er dann wirklich alt ist. Was heißt schon Mitte fünfzig. Aber du weißt nicht, welchen Anlaufs es bedurfte, daß er sich überhaupt so weit einließ mit dir.«

Linda wollte etwas sagen gegen diese Allianz, aber sie schwieg. Sie fror. Widmer bemerkte, daß sie unruhig wurde. Beide suchten nach einem Satz, der sie aus Lindas Unglück herausführen könnte, ohne gelogen oder bloß höflich zu sein, ohne über etwas hinwegzuscherzen.

Als Linda erwachte und die Vorhänge zurückzog, leuchtete der Stern auf der Martinskirche in der Sonne. Alles war mit einem kratzenden weißen Bart überzogen. Sie stand eine Weile und schaute, kehrte immer wieder zu dem wie eben erst fertiggestellten, blitzenden jungen Stern auf dem Kirchturm zurück. Sie dachte daran, wie sie in Wales, noch ehe sie Tony kennengelernt hatte, in einem Bauernhaus hatte übernachten müssen, weil Sara den Schlüssel zu ihrem gemeinsamen Haus bei Cindy in der Tasche gelassen hatte. Cindy war heimgefahren, und sie kamen erst nach Mitternacht drauf, daß sie nicht in ihre Unterkunft konnten. Cindy hatte kein Telefon. Linda hatte immer wieder »Oh no, oh no« gesagt, bis es wie aus einem Theaterstück klang. Sie war schließlich mit Sara und einem jungen Dichter zu diesem fremden Bauernhaus gefahren, endlos lange, wie ihr vorkam, mit den Scheinwerfern immer nur ein kurzes Stück Landstraße aufreißend. Dann standen sie im Lichtkegel des Wagens, und der Dichter probierte die Schlüssel an der Haustür aus. Linda begriff, daß auch er zum ersten Mal hier übernachtete. Sie hatte längst die Hoffnung aufgegeben, daß diese Schlüssel passen könnten.

Irgendwann ging die Tür doch auf. Sie tappten leise durchs Haus, machten Türen auf, sahen jemanden schlafen in einem Zimmer und erschraken, versuchten, noch leiser zu sein. Sie saßen lange in der Küche, tranken Wein. Saras Schatten unter den Augen wurden immer tiefer, eine ganz müde Kämpferin. Linda bewunderte sie, wie sie noch im Taumel die Treppe hinauf ihre Hüften schwang. In dem Zimmer, das Linda sich ausgesucht hatte, standen nur ein Messingbett, Tisch und Stuhl. Das Bettzeug war verknittert. Der Dichter überließ Linda sein T-Shirt zum Schlafen und schenkte ihr seinen Debütband. Das Badezimmer war schmutzig. Linda schlief fast gar nicht. Als sie gegen sechs den Vorhang wegzog, lag eine riesige grüne Wiese unter dem Fenster, weit hinten am Horizont wurde silbriges Gold gekocht, das über alle Ränder trat. Auf der Wiese grauer Schaum in Flocken, Fetzen, das erste Blöken, die vielen vereinzelten Schafe. Unter dem Fenster hüpfte eine Amsel auf den Rücken eines Schafs und studierte die neue Aussicht. Linda dachte, ihr Zimmer müsse ein geheimer Transitraum sein in dieses unfaßbare Bild.

Widmer saß in der Küche. Er hatte schon Kaffee gemacht. Er trug wieder seinen Schal, legte den *New Yorker*, in dem er gelesen hatte, weg, stand auf und umarmte Linda höflich. Linda dachte kurz dran, wieder *Sie* zu ihm zu sagen. Es wäre nicht unlogischer gewesen, als ihn zu duzen.

»Hast du gut geschlafen?« fragte er.

»Du?«

»Um halb fünf wachte ich von einem Lärm auf, offenbar in der Wohnung darunter. Türenschlagen, Stimmen auf dem Gang. Ich bildete mir sogar ein, einen Staubsauger zu hören, aber das kann nicht sein.«

»O mein Gott, dann ist der Ausstellungsmacher wieder da«, sagte Linda. »Die Wohnung gehört dem Kulturamt. Der Ausstellungsmacher kommt alle zwei Monate. Dann ist unten der Teufel los. Ich bin noch nicht dahintergekommen, was sich da wirklich tut. Den Staubsauger hast du dir nicht eingebildet.«

»Macht er in Graz auch Ausstellungen?«

»Nein. Ich glaube, er kommt erschöpft von den Ausstellungen in anderen Städten zurück, und dann muß ihm hier etwas Neues einfallen.«

»Arthur Millers Abo für den *New Yorker* läuft diesen Monat ab«, sagte Widmer.

»Ich weiß, es steht auf dem Adreßzettel. Ich habe das Heft aus dem Container. Miller wohnte im Herbst in der Wohnung unten.«

»Zum Glück wirfst du nicht nur Sachen weg, du beschaffst auch welche.«

»Heute wird ein schwieriger Tag«, sagte Linda.

»Ja, und ich bin überhaupt nicht ausgeschlafen. Ich werde mich ganz auf dich verlassen müssen.«

»Ich schlage vor, wir fahren so gegen elf, essen irgendwo zu Mittag und sind zwischen eins und halb zwei bei Else Bartsch.«

Widmer streckte die Hand aus, als lasse er ihr den Vortritt. Mit dem Schal sieht er gut aus, dachte Linda.
»Haben wir alles?« fragte sie. »Die Rosen. Die Briefauswahl. Das Bild.«
»Was willst du mit dem Bild?«
»Das wirst du schon sehen.«
Widmer hatte lange überlegt, ob er seinen Anorak oder den Mantel tragen sollte, sich für den Anorak entschieden. Er stand vor dem Spiegel, kreuzte seinen Schal, setzte die Baskenmütze auf. Er blickte Linda fragend an.
»Du siehst wie ein Skandinavist aus.«
»Ist das ein Kompliment? Egal. Meine Frau würde höchstens sagen: du siehst wie jemand aus den *Harmlosen* aus.«
Linda zupfte an seiner Mütze.
»Sir John Gielgud hat 1942 in *Macbeth* ein Elchsgeweih getragen«, sagte sie.
Widmer drückte sie zögernd an sich, als horche sein Arm auf das leiseste Zeichen von ihr, daß sie sich dagegen wehre. Würdest du dein Leben ändern? dachte Linda. Wie rasch man alles zu Ende denkt. Wie von den Furien des versäumten Lebens gejagt. Würdest du deine Frau verlassen? Widmer packte sie fester und küßte sie auf die Schläfe, die Wange, die Lippen. Er schnappte mit trockenen, festen Lippen nach ihrem Mund, zupfte an ihr, er riß sie sanft. Er atmete ein wenig rascher, dieses Atmen, das ihren Kopf mitbewegte, stöberte in ihm die gleichen verbotenen Gedanken auf. Sie spürte seinen Geschmack. Fremdes, waches Treiben, fremder, schöner Wille. Als sie sich dann, immer noch die Lippen des andern suchend und wieder suchend, trennten, durchströmte Linda ein Gefühl von Liebe für diesen kalten, strahlenden Tag, für diese vor ihnen liegenden Stunden, die ihr das Gefühl gaben, sie führen auf das

offene Feld der Zeit. Widmer sagte nichts, aber sie meinte zu wissen, was in ihm redete und gegenredete, daß er sich Vorwürfe machte, sie nach allem, was sie ihm vergangene Nacht von Tony erzählt hatte, nicht besser zu schützen – zu schützen vor seinen eigenen unverantwortlichen Zugeständnissen an die fremde Stadt, an die mit Neugier erwartete Aufgabe, an das greifbare Unbekannte.

»Die Suppe«, sagte der Kellner. Widmer faltete die Karte zusammen, auf der sie noch einmal den Weg nach St. Ägydi nachgesehen hatten.

»Mahlzeit«, sagte Linda. »Milzschnitten. Und danach gebackene Leber. Mit dem Kalbsbries von gestern sind das dreimal Innereien.«

»Ja? Und?«

»Biografie ist höherer Kannibalismus. Sagt Kipling.«

»Linda. Linda. Manchmal glaube ich, daß du lügst.«

»Es wäre schade, wenn du so ein schönes Zitat für erfunden hieltest. Ich kann dir versichern, daß es nicht erfunden ist. Aber ich gebe zu – jetzt gebe ich einmal etwas zu –, daß die Wirklichkeit manchmal einfach nicht schnell genug schaltet. Zum Glück läßt sich das korrigieren.«

Widmer schloß die Lippen um seinen Suppenlöffel und zog ihn langsam wieder heraus.

»Luis Trenkers Tochter ist von einem Kommunisten aus Sardinien gezeugt worden«, sagte am Nebentisch ein älterer Mann. Sein Kamerad schlug mit der Faust auf den Tisch, sagte aber nichts. »Neulich war einer da, der wollte Briefmarken für zimtbraunes Briefpapier. Zimt, verstehst du. Ich hab mir halt ein Pferd vorgestellt. Was paßt da drauf? Der violette Grillparzer? Aber es war fürs Ausland. Die ein Schilling fünfzig, die auf die sieben Schilling gefehlt haben vom Grillparzer, die haben nicht gepaßt. Dann halt die Weltraumkonferenz. Der Grillparzer schaut eh so erstickt aus, hab ich gesagt. Im Weltraum haben wir jetzt einen Astronauten.«

Widmers Löffel klirrte laut, als er seine Milzschnitten zerteilte. Die Hitze stieg ihm ins Gesicht. Die Wirtin schaltete den Radioapparat ein.

» – wir nun ins Landesstudio Steiermark, wo Kulturstadtrat Nabl zu dem schändlichen –«

»Hat der was mit unserem Nabl zu tun?« fragte Widmer.

» – Stellung nehmen wird. Herr Kulturstadtrat, wie konnte das passieren? Die Bevölkerung fragt sich mit Recht, wieso öffentliche Kunstwerke nicht besser geschützt werden.«

»Zunächst möchte ich feststellen, daß aus budgetären Gründen längst nicht alle öffentlichen Kunstwerke gegen Fremdeinwirkung, sprich: gegen Diebstahl geschützt werden können, so gern wir das auch möchten und so sehr wir seit Beginn dieser Legislaturperiode –«

» – die in vier Wochen zu Ende geht, Herr Kulturstadtrat – «

» – die, wenn der Wähler mündig entscheiden wird, woran wir keinen Zweifel haben, in vier Wochen auf weitere vier Jahre verlängert werden wird – «

» – trotz des heutigen Skandals in der Karl-Franzens-Universität?«

»Erlauben Sie mir, in meinen Ausführungen fortzufahren. Wir haben alles Erdenkliche getan, um den Fall einer möglichst raschen Aufklärung zuzuführen. Das Grazer Sonderkommando steht in permanenter Verbindung mit dem Bundesminister für Inneres –«

»Heißt das, Herr Stadtrat, daß die Steirer nicht allein damit fertigwerden? Daß wir die Wiener brauchen?«

»Das heißt es natürlich nicht. Aber ein Kunstdiebstahl solcher Dimension – das Gemälde mißt immerhin drei

Meter mal ein Meter zwanzig – läßt auf Drahtzieher aus dem internationalen Kunsthandel schließen. Auch die Vorgangsweise ist absolut professionell. Das Gemälde war an der Wand vor dem Hörsaal A verschraubt.«

»Hat man irgendwelche Vermutungen, gibt es Bekennerschreiben, die Polizeidirektion sagt nein, aber ich frage jetzt Sie, Herr Stadtrat, wissen Sie mehr als wir?«

»Nein. Es können gedungene Räuber eines Schmugglerrings gewesen sein, es können aber zum Beispiel auch, wer sagt denn, daß das nicht möglich ist, irgendwelche Tierfetischisten gewesen sein.«

»Sie meinen radikale Tierschützer, Sprayer?«

»Meines Wissen gibt es in Graz keine Elchsledermäntel zu kaufen. Und es wäre ja auch unlogisch, ein Gemälde zu besprayen, das eine Herde von Schweinen zeigt, die auf einen äsenden roten Elch zustürmen. Außerdem wurde das Gemälde nicht besprayt, sondern gestohlen.«

»Also Sie tippen auf fanatische – «

»Das ist ja Wahnsinn«, sagte Linda. »Ich wußte von diesem Bild überhaupt nichts.«

»Drei Meter lang, jetzt stell dir mal vor, so etwas zu stehlen. Das ist ja ein Ding. Linda, welches Thema hat die nächste Ausstellung deines Hausgenossen?«

»Bist du auch so unruhig?« fragte Linda, als sie im Büro der Tankstelle auf die Frau warteten, die das Wechselgeld zurückbringen würde. »Ich kann's kaum erwarten. Wie wird sie aussehen? Und dann dieser Diebstahl – die Wohnung unten – mein Gott, was für ein Tag.«

Widmer klopfte mit einem Fuß gegen den anderen. Der Schreibtisch war vollkommen verstaubt. Grüne Bücher mit der Aufschrift *Lieferschein* lagen herum, auf einem stand *Dr. Burian*, auf dem anderen *Feuerwehr*. Auf einer Tiefkühltruhe umgefallene Kassetten. Linda

las mit schrägem Kopf die Titel ab. »*Die Hitparade der Schlümpfe*. Pfui, wie versaut das alles ist.«
»Weißt du, was ich vergessen habe?« fragte Widmer. »Ich habe keine Kassette mit. Ich Idiot. Jetzt haben alle Läden zu.«
»Was ist dir lieber«, fragte Linda, »die Schlümpfe? Roy Black? Die Klöcher Kernölscheiche?«
»Wir sollten mindestens 120 Minuten mithaben, man kann nie wissen. Nimm, was du für richtig hältst. Hast du eine Autoapotheke? Wir werden Hansaplast brauchen zum Überkleben der Löcher in den Kassetten, damit man aufnehmen kann.«

Neben dem Gasthaus war eine Bushaltestelle. Als Widmer schon ins Auto gestiegen war, holte sie das Rosenbild vom Rücksitz und hängte es über die Tafel mit den Abfahrtszeiten. Hier lag schon mehr Schnee. Sie kamen an einem Tennisplatz vorbei, in dessen hohen Drahtzaun der Wind den Schnee gejagt hatte. An manchen Stellen war er klebengeblieben. Es sah wie zerbrochene Oblatenscheiben aus.

»HR ging einmal auf Schitour mit seinem Lektor, Axel von Alt, einem Großonkel des Theologen«, sagte Widmer. »Sie verirrten sich und wären beinahe abgestürzt. Im Ennstal. Das war in seiner steirischen Zeit. Doderer wartete in Gstatterboden auf sie und machte sich fürchterliche Sorgen. Er hatte einen Bogenschnitzer aufgesucht, von dem ihm alle vorgeschwärmt hatten. Doderer war begeisterter Bogenschütze.«

»Grauenhaft«, sagte Linda.

»Beinahe hätte ich ja die Doderer-Biografie geschrieben. Ich hatte bereits einige Aufsätze über Doderers *Commentarii* verfaßt, und es gab ein Angebot. Und dann plötzlich – mochte ich seinen Mund nicht.«

»Was?«

»Hast du dir Doderers Mund einmal genau angesehen? Ich stellte mir vor, ich müßte nun jahrelang nachsprechen, was er beim Schreiben mit diesem widerlichen Mund mitgemurmelt hatte. Ich entwickelte eine regelrechte kleine Neurose, während ich diese Aufsätze schrieb. Mir war das natürlich nicht gleich bewußt. Ich strich dauernd mit dem Handrücken über die Lippen. Verrückt.«

»Und *seinen* Mund magst du?«

»Ich mag sein Gesicht. Das dichte, dunkle Haar. Die hohen Schläfen. Die braunen Augen. Seine Lider hingen ganz leicht über die Augen, das gibt ihm einen sehr gütigen Ausdruck, gütig und gutmütig. Die lange, gerade Nase. Er hatte die Gewohnheit, sich in der Nase zu räuspern, wenn du weißt, was ich meine. Der Mund, natürlich mag ich seinen Mund. Er zuckte oft mit beiden Mundwinkeln nach unten. In einer Eintragung in K 1957 heißt es: *Das Mundwinkelzucken. Nora glaubt, es ist ein Zeichen der Verachtung. Falsch, Nora. Es hat schon den Knaben geplagt.* Soll ich dir etwas gestehen? Ich habe dieses Zucken vor dem Spiegel ausprobiert. Ich wollte wissen, wie das wirkt. Was dahintersteckt. Es kommt mir wie eine Abdankungsgeste vor. Irgendein Zeichen der Resignation. Aber nicht traurig. Ich stelle mir vor, daß er dahinter sogar lächelt. Jetzt muß gleich die Abzweigung nach St. Ägydi kommen.«

Linda bog in eine kleine Straße ein. Widmer saß vorgebeugt, als könnte ihm etwas entgehen. Auch Linda hatte das Gefühl, in einem erhöhten Aufnahmezustand zu sein. Das Dorf war rasch durchfahren. Hinter den letzten Häusern stand die von Else Bartsch erwähnte Baustelle, wo sich ein Lehrer ein ultramodernes Haus hatte entwerfen lassen. Das Geld war ihm ausgegangen. Die Straße stieg leicht an und lief in den Wald. Das Hügelland war von einem Augenblick auf den anderen verschwunden. Die nächste Abzweigung führte in eine noch engere Straße. Die Straße war geräumt worden, zu beiden Seiten lag der malträtierte Schnee. Unter der dünnen Schicht Neuschnee war es an manchen Stellen so glatt, daß Linda den Atem anhielt. Schließlich kamen sie zu der Kapelle, wo sie das Auto stehenlassen sollten.

Sie nahmen die Blumen und ihre Taschen. Linda sperrte den Wagen ab. Der Weg war nicht zu übersehen. Erst ging es durch den Wald ziemlich steil hoch. Linda zog ihre Mütze vom Kopf und griff sich in die Haare. Widmer wischte seine beschlagenen Brillengläser ab. Linda drückte ihm einen raschen Kuß auf die Lippen. Es fühlte sich an, als küßte sie einen Heiligen, der mit einem leicht dämlichen Gesichtsausdruck hier stand und sich wunderte. Zum Glück drehte Widmer sich um und stapfte weiter. Sie sah seinen großen Rücken, den dunkelroten Anorak, sein grauweiß schimmerndes Haar, das auf dem Kragen auflag, sie sah, wie sich seine Kniekehlen knickten und streckten, sie sah auf seine schwarzen Beine, die Schnürlsamthose, das geschickte, überhaupt nicht mehr vorsichtige Schreiten, in einer vorgetretenen Spur, dann wieder knirschend im unberührten Schnee. Sie spürte ihr Herz in den Ohren klopfen. Sie dachte, sie hätten die Rosen besser einpacken sollen. Vielleicht war es überhaupt keine gute Idee, mit so einem protzigen Strauß hier zu erscheinen. Sie blieb stehen. Widmer drehte sich zu ihr.

»Das Hansaplast«, sagte sie.

»Allmächtiger. Jetzt noch mal runter. Ach was. Sie hat doch sicher so etwas im Haus.«

Ein Häher flog kreischend aus einem Baum auf. Hier war eine Lichtung, um die sie herumgehen mußten. Bald darauf kamen sie an einer Wildfütterung vorüber. Ein Sonnenstrahl schoß zwischen den Bäumen herein. Schließlich sahen sie ein Stück weiter oben das

Haus. Aus dem Kamin stieg Rauch auf. An der einen Hauswand war Holz gestapelt bis fast unter das Dach. Widmer drehte sich um, er sah glücklich und dankbar aus, voller Erwartung.

Wenige Meter vor dem Haus wurde der Blick unvermutet in das Panorama der leicht verschneiten Hügel gezogen. Es war, als begännen die Augen zu schwimmen in diesem Meer aus braungrünen Wellen, auf denen da und dort ein weißer Schaum hängengeblieben war, ein kaltes hingesprühtes Fell. Sie schauten einander an, dann wieder in dieses Naturtheater mit vereinzelten Dächern, unter denen es Menschen geben mußte. Weiter hinten standen die Hügel sanftgrau oder silbergelb da und sahen aus, als zitterten sie, weil sie noch so klein waren.

Sie stiegen die letzten paar Schritte zu dem Haus hinauf. In den Erdboden waren kurze Holzstämme als Tritte gelegt. Neben der Tür lehnte eine Schneeschaufel, große Arbeitshandschuhe steckten eingeklemmt zwischen dem Griff der Schaufel und der Hausmauer. An der Tür war ein struppiger Adventkranz befestigt. In der Mitte hingen Tannenzapfen, von denen schon etliche Schuppen fehlten.

Die Tür wurde geöffnet.

»Nur herein«, sagte Else Bartsch mit einer klösterlich singenden Stimme. Ihr Gesicht war im Dunkeln. Widmer und Linda traten ihre Schuhe ab und folgten Else Bartsch in den winzigen Flur. Als Linda die Tür hinter sich zuzog, war einen Augenblick lang völlige Finsternis. Else Bartsch schien das nicht zu stören.

»Sie können die Mäntel hier aufhängen. Ehe Sie gehen, nehmen wir sie ins Zimmer, damit sie warm werden.«

Linda strengte ihre Augen an, um in dem Dunkel etwas zu erkennen. Else Bartsch nahm ihnen die Kleidungsstücke ab und hängte sie an die Wand. Als sie endlich im Wohnzimmer standen, konnten sie Else Bartsch erstmals richtig betrachten. Linda spürte, wie sie die Frau im Geist zu HR stellten. Linda sah sie vor sich, wie sie sich an HR schmiegte, nicht weißhaarig wie jetzt, sondern mit dunklem, aber auch kurzem Haar. Widmer reichte Else Bartsch die Briefauswahl. In diesem Augenblick hatte Linda das Gefühl, mit dieser Geste, die ihn der Frau näherbringen sollte, legte er eine unüberbrückbare Entfernung zwischen sie beide. Linda war überrascht, als Else Bartsch tatsächlich das Buch in die Hand nahm.

»Vielen Dank. Nehmen Sie doch Platz, wo Sie wollen, hier besser nicht, der ist schon so abgeschabt, aber hier, bitte.«

Linda sah Else Bartsch nach, als sie Wasser für die Rosen holte. Sie trug einen schwarz-weiß gewürfelten Chanel-Rock, die Falte zu weit links, und einen schwarzen formlosen Pullover. Widmer maß Else Bartsch mit ein paar Auf-Ab-Blicken von hinten. Er sah Linda an und zuckte mit den Mundwinkeln. Linda stieß einen nervösen Laut aus, halb Lachen, halb Aufregung. Irgendwie war es unvorstellbar, daß sie einander nun gleich den Namen von HR wie in einem schwierigen Gesellschaftsspiel zuschieben würden. Sie meinte etwas von der Präsenz dieses reinen Geistes zu spüren, von dem Widmer gesprochen hatte. Gestern hätte sie darüber beinahe noch gelacht. Woran mochte das liegen? Es konnte doch nicht sein, daß allein das Wissen, über Else Bartsch Zugang zu diesem berühmten Mann zu haben, so viel ausmachte.

»Ja, da sind Sie nun«, sagte Else Bartsch. »Was darf ich Ihnen bringen? Kaffee oder was Scharfes?«

Linda wollte am liebsten gar nichts, jetzt, wo Else Bartsch sich gerade erst gesetzt hatte.

»Es kommt sehr selten jemand hierher. Wir leben sehr abgeschieden hier. Trinken Sie Kaffee mit mir?«

Widmer und Linda nickten. Else Bartsch stand auf und ging aus dem Zimmer. Sie schauten sich an.

»Sie glaubt, er lebt noch, hier, mit ihr«, flüsterte Widmer.

»Das kann ich mir nicht vorstellen. Sie wirkt doch ganz normal. Du meinst, sie hat Halluzinationen oder so was?«

Widmer schüttelte den Kopf.

»Man kann sich etwas so stark einbilden, daß es zur Wirklichkeit wird. Außerdem ist das nichts Ungewöhnliches. Viele Witwen reden mit ihren toten Männern. Eine Halbschwester meiner Mutter hat sich geweigert, den Vornamen ihres Mannes aus dem Telefonbuch streichen zu lassen, nachdem er gestorben war.«

Else Bartsch kam wieder ins Zimmer.

»Gleich ist es soweit.«

»Haben Sie eine Katze?« fragte Linda.

»Wir hatten immer Katzen. Zuletzt zwei, aber eine ist weggelaufen. Katzen sind untreu.«

»Und einen Hund?«

»Ich hätte immer gern einen Hund gehabt, aber das ist leider nicht möglich gewesen. In der Stadt wäre es sowieso nicht gegangen. Als wir dann hierher zogen, sagte ich: Aber nur, wenn ich einen Hund bekomme. Damals war ich noch gar nicht überzeugt, daß ich hier leben wollte, so einsam, so abgeschieden. Den Hund habe ich trotzdem nicht bekommen.«

Die letzten Worte sagte sie schon von der Tür her.

»Sie meint den Sektionschef«, flüsterte Widmer.

Else Bartsch kam mit einem Tablett zurück. Linda half ihr, die Tassen aufzustellen, Milch, Zucker. Else Bartsch rückte die Dose mit den Zuckerstücken nach links, zu dem leeren Platz vor dem Lehnstuhl. In die

Mitte stellte sie eine gläserne Schale mit verschiedenen Sorten von Weihnachtskeksen. Sie nahm selbst gleich eines und lehnte sich zurück.

»Ich nasche so gern. Obwohl es schlecht für die Zähne ist. Wissen Sie, was Hermann mir einmal gesagt hat, als ich ihn erst kurz kannte? Bei einem kleinen Empfang nach einer Lesung im Palais Palffy, als er ein kleines teures Sachertörtchen mit zwei Fingern von oben in seinen Mund balancierte, sagte er: Von dem Ausmaß meiner Zahnlücken können Sie sich keine Vorstellung machen.«

Widmer zog tief den Atem ein.

»Darf ich Sie fragen, wann das war?«

»Das war am 7. Jänner 1952.«

»Also die Lesung aus dem damals erschienenen zweiten Teil des *Unsichtbaren Mannes*, kurz ehe die Erben von H. G. Wells ihren Plagiatsvorwurf bezüglich des Titels erhoben.«

»Genau. Ich weiß das Datum deshalb so genau, weil mein Mann zu dieser Zeit beim Dreikönigstreffen der Volkspartei in Maria Plain war, und so konnte ich wegfahren. Ich besuchte eine Freundin in Wien, natürlich wollte ich auch Hermann wiedersehen. Wir hatten uns ein paar Wochen davor kennengelernt.«

»Über diese Lesung gibt es eine Tagebucheintragung. Sie kennen Sie vermutlich.«

»Mich haben seine Tagebücher nie interessiert. Ich weiß, daß er nie hineingeschrieben hat, was wirklich war. Er hat immer Angst gehabt, Nora würde sie lesen, und ich bin überzeugt, sie hat sie auch gelesen. Ich hätte sie auch gelesen an ihrer Stelle. Er hat einen Trick gehabt. Er hat Zeitungsmeldungen verwendet, die ihn angeblich interessiert haben. Das war so eine Geheimsprache für ihn.«

»Sie wollen doch nicht sagen – «

»Er hat mir erzählt, was er an diesem Tag hineingeschrieben hat. *Brand im Hotel Sacher!! Plan für E.* Ich habe ihn einmal gefragt, ob das nicht schrecklich viel Mühe bereitete, immer die passenden Zeitungsmeldungen zu suchen. In der Zeit hätte er den dritten Teil des *Unsichtbaren Mannes* schreiben können. Aber so war er eben.«

»Brand im Hotel Sacher«, wiederholte Widmer. »Ich habe sein ganzes Werk nach diesem Motiv abgelesen. Auf keiner der rund 6700 Seiten brennt ein Hotel. Gut, es muß ja auch nicht sein. Ein Schriftsteller notiert etwas, ohne zu wissen, ob es je Bedeutung erlangen wird, ob es je in seine künstlerische Wirklichkeit Eingang finden wird. Aber zumindest hatte er doch den Plan zu einer Erzählung – «

»Plan für E.? Das E. bin ich, Verehrtester!«

»Plan für Else?«

»Natürlich. Er hat übrigens nie im Hotel Sacher gewohnt, weil die Wiener immer knausrig waren mit ihren Schriftstellern. Schauspieler, Sänger, ja, aber die Schriftsteller waren ihnen doch immer lästig.«

Else Bartsch strich sich unfreundlich durch ihr kurzes Haar.

»Und wie haben Sie ihn kennengelernt?« fragte Linda und stellte zitternd ihre Kaffeetasse ab. Es klirrte leise.

»Auf der Straße. Er hat mich angerempelt. Ich sah nur, daß mich etwas Großes, Braunes von der Seite angriff, und dann schlenkerte er einen Schritt weiter, drehte sich um, entschuldigte sich sehr höflich und lud mich auf einen Whisky ein.«

»Auf einen Whisky?«

»Ja. Er sagte: Darf ich Sie auf einen Whisky einladen, gnädige Frau, auf ein Glas Elchsmilch? Und ich sagte: Mich können Sie nicht so leicht verwirren. Zufällig weiß ich, daß es im amerikanischen Englisch den Slangausdruck *moose milk* für Whisky gibt. Mein Vater ist Skandinavist, im Nebenfach hat er Anglistik studiert.«

»Das ist ja unglaublich«, sagte Widmer. »Woher kannte HR den Ausdruck? Ich gestehe, ich höre ihn zum ersten Mal.«

»Ich auch«, sagte Linda.

»Er erzählte mir's im Kaffeehaus. Er hatte ihn von Dodo. Dodo hatte diese – jetzt fällt mir der Name nicht ein.«

Else Bartsch flatterte mit den Fingern vor ihrer Schläfe herum.

»Manchmal glaube ich, das ist der Alzesheimer. Da fällt mir ein Name nicht ein.«

Widmer wölbte die Lippen vor. Linda wußte nicht, wohin blicken. Wenn er sie jetzt korrigierte, war vielleicht alles vorbei. Aber er sah aus, als wollte er ihr den vergessenen Namen von den Lippen küssen, höflich, aus angemessener Entfernung, so als gehörte das zum guten Benehmen, das er in der Tanzschule gelernt hatte.

»Egal. Jedenfalls diese amerikanische Studentin, mit der Dodo sich beschäftigte.«

»Sie meinen Caroline Ritter, die dann diese verheerenden *Contercommentarii* publizierte, die *Nymphe aus Neuengland*?«

»Hat Dodo sie so genannt? Das wußte ich wiederum nicht. Aber ich kannte Dodo ja auch nur aus Hermanns Erzählungen.«

»Und wie ging's weiter? Sie tranken Whisky, und er stellte sich als der berühmte HR vor.«

»Sie sollten ihn nicht HR nennen. Das würde ihm ganz sicher nicht gefallen. Wenn ich Ihnen sage, daß er nicht einmal die Abkürzung U-S-A über die Lippen brachte. Er wurde einmal nach Princeton eingeladen, und er erzählte mir, Nora habe gesagt, sie sollten gemeinsam in die *U*-S-A fahren, mit Betonung auf dem U, und das habe ihm die ganze Freude genommen.«

Widmer zog eine Grimasse. In diesem Augenblick bemerkte Linda, daß sie den Kassettenrekorder nicht eingeschaltet hatten. Sie griff nach ihrer Handtasche, um ein Taschentuch herauszunehmen.

»Oh, da sind ja die Kassetten«, sagte sie. »Wir wollten Sie bitten, Frau Bartsch, daß wir das Gespräch aufnehmen können.«

Else Bartsch zupfte an ihren Haaren hinter dem Ohr. Dann strich sie wieder ihren Nacken hinauf mit dieser unschönen, zugleich zärtlichen Geste. Als massierte sie ihren Nacken dort, wo sie einmal guillotiniert worden war – in einem anderen Leben, von dem sie nichts mehr bewahrt hatte außer diesem Zwang, mit der Hand die Stelle aufzusuchen, die ihre größte Wunde war. Linda erschrak vor einer Traurigkeit, die sie auf sich lauern spürte. Sie schüttelte den Kopf, um dieses Bild loszuwerden. Chop-chop, wie Tony sagte, als sie beim Fleischhauer standen und ihm zuschauten, wie er einen Schlund auseinanderhackte, den eine Frau für ihren Hund kaufte.

»Sollten wir nicht vorher einen kleinen Spaziergang machen, ehe es zu kalt und zu dunkel wird?« fragte Else Bartsch. »Nachher erzähle ich Ihnen alles, was Sie wissen wollen – und was mir noch einfällt mit meinem Kopf. Manchmal habe ich das Gefühl, ich muß alles erst taufen, damit es vorhanden ist in meinem Hirn.«

Widmer stimmte unglücklich zu, und es war nicht zu erkennen, ob er den Vorschlag meinte oder Else Bartschs Vergeßlichkeit. Beim Aufstehen sahen sie, daß ihre Schuhe schmutzige Tropfen hinterlassen hatten. Sie schlüpften in ihre kalten Mäntel, Else Bartsch kam mit einem isländischen Pullover zurück und zog sich Stiefel an. Als sie ins Freie traten, sah Linda an der oberen Türkante ein staubiges Spinnennetz mit dem Luftzug flattern, wie eine kleine Rauchfahne. Sie folgten Else Bartsch ums Haus. Vom Wald führten Spuren herunter bis zur Hintertür. Else Bartsch schaute zum Wald hinauf und deutete nach links.

»Nehmen wir diese Seite.«

Ein Rehbock bellte heiser. Es klang wie eine Nachricht an Else Bartsch. Linda dachte, daß man in dieser Einsamkeit komisch werden konnte. Der Rehbock bellte noch einmal, und beim dritten Mal wußte sie schon nicht mehr, ob es ein Wildruf von weit her war oder ob nicht hinter ihr ein Hund laut atmete. Die Sonne brannte Löcher in die Bäume, als sie durch den Wald einen kleinen Weg hochstiegen. Keiner sagte etwas. Das ist Widmers wichtigster Nachmittag, dachte Linda. Aber was habe ich hier verloren? Else Bartsch hustete ab und zu, ein bronchitisches Rauchergeräusch. Im Haus hatte es nicht nach Zigaretten gerochen. Linda hätte gern gewußt, wie es Widmer ging. Sie konnte den Eindruck nicht abwehren, daß er ein wenig ratlos war. Sein Instinkt würde ihm sagen, daß er sich Else Bartsch überlassen müsse, dem, woran sie sich zu erinnern beliebte. Sein Organisationsgeist mußte dagegen rebellieren. Sie traute ihm zu, daß er bereits ein Motto suchte für das Kapitel Else Bartsch. Einen Satz aus den *Kränkungsbüchern*, der genug andeutete und doch das Wichtigste zurückhielt. Und die Leser würden bewundern, mit welch sicherem Griff Hermann Widmer gerade diesen Satz vor das Kapitel über die unsichtbare Geliebte gespannt hatte.

HRs unsichtbare Geliebte, wenn sie es denn gewesen war, stieg unverdrossen voran, in ihrem Chanelrock mit dem Isländerpullover. Über das weiße Haar hatte sie ein schwarzes Stirnband gezogen. Mit ihr hätte HR schifahren gehen sollen, dachte Linda, nicht mit diesem Axel von Alt.

»Sehen Sie, das wollte ich Ihnen zeigen«, sagte Else Bartsch. Sie waren wieder auf eine Lichtung gekommen, und zwischen den Bäumen durch sah man gerade auf das kleine Haus.

»Wir sind sogar einmal bei Nacht hier heraufgeklettert, was viel geheißen hat. Aber er wollte das Haus auch bei Nacht sehen. *Das ist wie ein Lebenszeichen, Else, dieser schwach funkelnde Kristall. Ein Lebenszeichen, das jederzeit einen Verrückten dazu reizen könnte, es kaputtzuschlagen.* Wir sind hier gestanden, bis uns kalt wurde.«

Widmer sah die Frau von der Seite an. Er hob zu einem Satz an, sein Atem stieß in einer weißen Wolke hervor. Aber er sagte nichts. Linda sah von ihm zu Else Bartsch. Sie stand mit einem seltsamen Gesichtsausdruck da. Ein wenig amüsiert, aber so, als wäre dieser leisen Gelassenheit erst nach langem Kampf von einem anderen Gefühl Platz gemacht worden. Sie fühlte sich beobachtet und blickte aus dem Augenwinkel zu Linda. Halb über die Schulter sagte sie:

»Sie werden sich fragen, warum ich das nie jemandem erzählt habe. Warum ich bis jetzt nichts gesagt habe. Ich habe genau verfolgt, was mit Hermann angestellt wurde in den vielen Jahren, seit er tot ist. Es ist schön, daß es die Bücher gibt. Ich habe sie alle gekauft, auch die Tagebücher, ich habe sie gelesen, zuerst natürlich die letzten Jahre, *meine Zeit.* Dann das, was vorher war. Der Mann hätte einen perfekten Mord begehen können. Er verwischte immer seine Spuren.«

Linda und Widmer versuchten, nicht zu zeigen, wie sehr sie froren. Widmer trat von einem Bein auf das andere und gab sich Mühe, nicht ungeduldig zu erscheinen. Könnte man uns von außen sehen, dachte Linda, dann müßte man glauben, wir seien bei einem Lokaltermin. Ein Verbrechen hat stattgefunden. Hier wurde die Leiche versteckt, und im Frühjahr hat eine pensionierte Lehrerin sie gefunden, als sie die ersten Leberblümchen pflücken wollte.

»Schauen Sie sich das da drüben an. Sieht das nicht aus wie ein Schifahrer mit ausgebreiteten Armen? Aber es ist ja viel zu hoch oben auf dem Berg. Es ist eine Krähe.«

Sie sahen dem ausgestreckten Arm von Else Bartsch nach.

»Es wird kalt. Gehen wir wieder.«

Sie trippelte an den beiden vorüber und übernahm auch beim Abstieg die Führung. Linda spürte, wie sie Else Bartsch für eine etwas eitle Frau zu halten bereit war, die mit ihrem Geheimnis pokerte. Gut, HR war hiergewesen. Und nun? Und wenn es nicht stimmte? *Das schneuzt mich ganz tief.* Vielleicht hatte Widmer sogar recht. Alles blieb in diesem verdammten *Vielleicht* stecken.

»Wir sind da«, rief Else Bartsch im Flur.

Linda bemühte sich, auch fröhlich zu klingen, und sagte, gleichfalls etwas lauter: »Ja, es war doch schon recht kalt.« Widmer rieb sich die Hände, hauchte hinein, legte sie Linda an die Wangen. Sie nahm seine kalten Hände wie Hundepfoten und drückte ihre Lippen darauf, wollte sie warmküssen und warmhauchen. Als er sah, daß sie an seinem Ehering ankam, zog er die Hand zurück. Sie folgten Else Bartsch ins Zimmer, in dem es dunkler geworden war. Sie drehte kein Licht auf.

Im Lehnstuhl saß ein Elch und biß krachend, mit zur Seite geneigtem Kopf, in ein Stück Würfelzucker.

»O mein Gott«, murmelte Widmer und beugte sich mit beiden Unterarmen auf den Lehnen vor.

»Mögen Sie einen Löffel Schwedenbitter?« fragte Else Bartsch.

Widmer legte die Hände auf die Tischplatte, als greife er einen unsichtbaren Akkord. Er schüttelte den Kopf. Linda wagte nicht, ihn zu berühren. Sie sah die Härchen auf seinen Handrücken, den verwundbaren Knöchel des Handgelenks. In seinem Kopf ging jetzt alles durcheinander, er hatte die Situation dort ebensowenig im Griff wie seine nervösen, schönen Hände auf der Tischplatte. Sie sagte sich, daß ihr Herz ruhig und gleichmäßig schlage, und schaute von Widmer weg nach rechts zu dem Lehnsessel. Die Spätnachmittagssonne schien wie ein Spot auf den Platz. Linda sah kleine goldene Spitzen leuchten. Sie lehnte sich ein wenig vor. Langsam wurden die goldenen Stoppeln zu den Gesichtshaaren des Elchs. Er saß mit geschlossenen Augen da und ließ sich von der Sonne liebkosen. Wie aus der Ferne hörte Linda Widmer sagen, daß er ihr Hausmittel doch versuchen wolle. Else Bartsch ging zu der Kredenz. Linda starrte auf die Wangen des Elchs. Sie meinte zu sehen, wie sie sich beim Atmen langsam vor- und zurückwölbten. Die Lefzen schienen sich leicht zu öffnen. Als paffte er eine Pfeife. Linda wartete, daß Widmer etwas sagen würde. Je länger er schwieg, desto schwieriger wurde es. Else Bartsch benahm sich nicht anders als zuvor. Wenn der Elch keine Sinnestäuschung war, mußte sie wissen, daß die Gäste ihn nun auch sahen. Dann mußte sie ihn vorstellen. Lindas Nacken spannte sich wie ein hartes Seil.

Sie blickte zu Widmer und getraute sich nun, ihm über den Handrücken zu streichen. Sie sahen einander an, Widmer hatte einen völlig verzweifelten Ausdruck in den Augen, er schien bereit, sich irgendeiner Institution auszuliefern, einer Polizei, einer unberechenbaren Macht. Linda versuchte ihm mit der unauffälligsten Mimik eine Nachricht zu signalisieren. Du siehst ihn auch? nickte sie stumm mit ganz leicht erhobenen Augenbrauen. Widmer senkte langsam, zärtlich, die Lider. Sein Blick kehrte aus dieser tiefen Sanftheit wieder herauf. *Ja.* Es war, als gebe er ihr sein Wort.

»Am Ende steckt eine Grippe in Ihnen. Da hilft der Schwedenbitter auch.«

Else Bartsch schob das kleine Schnapsglas mit der braunen Flüssigkeit über den Tisch. Für Linda und sich selber goß sie Slibowitz ein. Linda ließ es geschehen, obwohl sie den Schnaps nicht mochte. Es standen nur drei Gläser auf dem Tisch. Widmer stieß den Schwedenbitter mit einem Ruck in die Kehle. Er hustete, ohne sich die Hand vorzuhalten. Linda kam er vor, als sitze er in einer alten Kutsche, deren Rütteln er sich überlassen hatte. Sie nahm ihr Glas und hob es in Richtung von Else Bartsch, die Linda zuprostete. Linda spitzte die Lippen und kostete nur wenig. Whisky hätte sie jetzt überhaupt nicht vertragen. Sie schaute wieder zu dem Elch und versuchte, so zu tun, als betrachte sie ein Bild, das hinter ihm an der Wand hing. Er schien zu schlafen. Auf jeden Fall bewegte er keinen Muskel. Sein Schädel saß ruhig auf dem Nacken, dessen Buckel Linda nicht sah. Man ahnte ihn nur. Seine vorgebeugte Haltung gab ihm ein kränkliches Aussehen. Aber dieser Eindruck verflüchtigte sich sofort, denn der Kopf gehörte einem starken Willen, einem wie vor Jahrhunderten formulierten Willen, schön zu sein. So zu sein und nicht anders.

»Wissen Sie, was ich einem Biografen ins Stammbuch schreiben würde?« fragte Else Bartsch. »Ich würde schreiben: Was ständig übersehen wird, das ist die Gegenwart einer bestimmenden Persönlichkeit.«

»Sie meinen – «, sagte Linda.

»Ja, natürlich. Jeder Mensch hat doch so etwas wie einen Kern, eine innere harte Schicht. Das Ende der Person und zugleich ihr Anfang. Das, was sich nicht ändert im Leben. Hermann nannte es die Fluchtzone.

Die Persönlichkeit ist die Insel, auf die man sich rettet, wenn einem das Wasser bis zum Hals steht. Dann springt man auf dieses Land, weil man gar nicht anders kann.«

Widmer räusperte sich und trennte mit seinen Handkanten auf der Tischplatte einen unsichtbaren Faden durch.

»Liebe Frau Bartsch, darf ich das Tonbandgerät einschalten?«

Linda stand auf, um die Kassetten aus ihrer Tasche zu holen, die sie im Flur gelassen hatte. Sie zwängte sich an dem großen Ellbogen vorbei, von dem die Haarbüschel abstanden. Sie sah, wie das Fell über dem von der Lehne hinunterhängenden Lauf Falten warf. Sie drehte sich noch einmal um, weil sie das Geweih des Elchs sehen wollte, das nun aus dem Schatten trat. Die Schaufeln ragten weit hinaus. Sie meinte, an der Hüfte von ihm gestreift worden zu sein. Im Flur atmete sie tief durch. Die kühle, mit dem Hausgeruch gesättigte Luft stieg ihr die Nase hoch. Es roch nach Holz, nach Geräuchertem, vielleicht nach einem natürlichen Poliermittel für die Möbel. Plötzlich mußte sie gähnen. In ihren Ohren knackte es.

Indessen hatte Widmer die Kontrolle über sich wiedergewonnen. Er hantierte an seinem Kassettenrekorder, wischte mit einem Finger Staub vom Deckel. Linda ging um den Elch herum und stieg an Widmer vorbei auf ihren Platz zurück. Widmer überraschte sie, indem er seine Hände auf ihre Hüften legte und sie zum Sofa schob. Sie öffnete die Kassette mit Roy Black.

»Frau Bartsch, es ist zu dumm, aber haben Sie ein Stück Klebeband oder Hansaplast?«

»Gut, daß Sie das sagen. Ich muß Hansaplast besorgen, es ist uns ausgegangen. Aber ich hab Tesafilm, wenn das paßt.«

Linda warf Widmer einen Blick zu. Dann wurde sie durch ein leises Geräusch zu ihrer Rechten abgelenkt. Der Elchshuf kratzte am Stoff des Möbels. Es war kaum zu bemerken, und der Elch selbst schien es gar nicht wahrzunehmen, denn er saß nach wie vor mit diesem geistesabwesenden Gesichtsausdruck in seinem Stuhl. Die Sonne war gewandert, so daß die eine Gesichtshälfte nun im Schatten lag. In den schwarzen Nüstern stand ein feiner Film von Schweiß. Linda horchte starr, ob er nicht im nächsten Augenblick aufschnupfe. Sie meinte zu wissen, daß er es tun müsse. Sie hatte das Gefühl, in ihrer eigenen Nase setze sich der Tau einer Nacht ab. Linda dachte, man gewöhnt sich doch auch an Krankheiten. Die Leute leben mit den schlimmsten Einschränkungen. Sie akzeptieren die bösen Einfälle des Schicksals – nach einer Weile. Warum nicht dies hier? Ist es denn so schlimm? Wird das bleiben?

Mittlerweile hatte Else Bartsch den Tesafilm gebracht, und Widmer hatte begonnen, die Löcher auf dem Kassettenrand zu überkleben.

»Eins, zwei, drei«, sprach er ins Mikrofon. Die Wiedergabe funktionierte. Seine Stimme kam wie die eines Jungen zurück, der etwas angestellt hatte.

»Frau Bartsch, wir sitzen hier in Ihrem kleinen Haus eine halbe Stunde außerhalb und oberhalb des steirischen Dorfes St. Ägydi. Wir drei, Sie, Frau Bartsch, Frau Götz und ich, sind soeben von einem Spaziergang zurückgekehrt. Würden Sie uns noch mal erzählen, was Hermann Richter dort oben zu Ihnen gesagt hat – «

Bei den Worten »wir drei« hatte Linda zu dem Elch geschaut. Seine Wimpern hatten gezittert. Sie dachte, jetzt schlägt er die Augen auf. Aber statt dessen rollte er unter den Lidern die Augäpfel. Wahrscheinlich träumte er, er lehne im Schlaf an einem Baum und der Baum sinke langsam um. Else Bartsch hatte schon zu erzählen begonnen. Sie redete ungezwungen. Widmer mußte die Anwesenheit des Elchs ausgeblendet haben, oder er beherrschte sich gut. Es schien weiterhin unmöglich, Else Bartsch direkt auf das Tier anzusprechen. Linda überlegte, was es wohl war, das sie davon abhielt. Else Bartsch strahlte etwas ganz und gar Eigenwilliges aus. Das kam in ihrer Lebensweise zum Ausdruck, furchtlos, über allem stehend. Eine praktische, nüchterne Frau, sonst könnte sie hier nicht überleben. Sie beharrte auf etwas, das Linda noch nicht klar war. An der Oberfläche schien es ihre Freundschaft, ihre Liebesaffaire mit HR zu sein, die sie nun endlich preisgab. Aber darunter lag etwas anderes.

Widmer schlug elegant einen Bogen von der nächtlichen Wanderung mit HR zum Beginn ihrer Bekanntschaft. Else Bartsch erzählte. Nur selten fiel ihr nicht gleich der passende Ausdruck ein, wobei sie zur Seite sah und in dem Gesicht des Elchs zu suchen schien, als solle der ihr helfen. Genausogut konnte man sagen, sie streife mit ihren Augen im Leeren herum. Linda wagte nun schon, längere Blicke auf den Elch zu werfen. Sie tat es immer noch vorsichtig, auch Else Bartsch gegenüber, in einer Pose, die man als nachdenkliches Zuhören auslegen konnte. Ihre Augen tasteten die Oberfläche dieser Erscheinung ab, sogen sie ein wie den Schaum von einem unbekannten, neugierig machenden Getränk. Der große Schädelknochen unter dem Fell, dieses Gehäuse einer unsagbar fremden Welt. Linda wehrte sich gegen den Gedanken, in diesem Schädel könnten nur ein paar einfache, fest einprogrammierte Handlungsabläufe so etwas wie Schattenwörter hervorbringen, und die Zeit springe dumm von einer Sekunde zur nächsten, so, wie der Elch durch den Morast stapfte. Sagte nicht ein skandinavisches Jägersprichwort, die Elche fürchteten ihre eigene Fährte, weil sie so launenhaft waren, ihren Wechsel ständig änderten und die Spur nicht mehr erkannten? Das gelte nur für Skandinavien, hatte Floericke angemerkt.

»Wissen Sie, was ihn sehr amüsierte? Die Sache mit dem Reim auf *Liebe* im Schwedischen. Ich hatte ihm erzählt, daß es im Schwedischen nur drei Reime auf das Wort für *Liebe* gibt, und die sind unbrauchbar. Was tut ein schwedischer Lyriker, wenn er sich verliebt?«

Else Bartsch streckte den Arm aus wie eine Opernsängerin. Sie berührte mit der Fingerspitze den Rand der Geweihschaufel, führte dann ihre Handbewegung elegant zu Ende.

»Im Schwedischen heißt Liebe *älska. Älska.* Darauf reimt sich nur *välska*, das heißt *ausländisch, fremd, welsch.* Hermann sagte, dann könne sich ein Schwede nur in eine Ausländerin verlieben. Das nächste Wort wäre *kvällska*, aber das gibt es eigentlich gar nicht, es gibt *kvällsk, Abend.* Und die letzte Möglichkeit ist – «

Else Bartsch nahm einen Schluck ihres Slibovitz. Linda hörte ein leises Schmatzen, das von rechts kam. Als sie hinüberschaute, sah sie, wie der Elch seine große Oberlippe nach unten zog, ganz wenig nur, an der Seite. Es war so schnell vorbei, daß sie schon wieder nicht wußte, ob es überhaupt geschehen war.

»*Gazellska*«, sagte Else Bartsch.

»Unglaublich«, sagte Widmer. »Das schränkt die Möglichkeiten allerdings aufs engste ein. Vor allem, wenn man bedenkt, daß die Schwedinnen nicht unbedingt alle gazellenhaft sind.«

»Nein«, sagte Else Bartsch. Ihre Stimme klang tiefer als sonst, als hänge da eine Erinnerung dran. Sie schenkte sich Slibovitz nach. Linda wartete darauf, daß Widmer endlich die Rede auf das Gedicht bringen würde. Die Gelegenheit war günstig. Er schob seinen Fuß an ihren und drückte dagegen. Sie zuckte, ihr rechter Fuß schlug an das Sofa. Sie hielt den Atem an, lehnte sich zurück, ließ ihren Blick schräg unter den Tisch gleiten. Der Elch hatte die Beine übereinandergeschlagen, der eine Fuß war lang zu ihr hingestreckt. Sie konnte den Huf nicht sehen, weil der verdeckt war. Nur die glatte, dunkle Behaarung das Bein hinunter, das an der Innenseite oben in ein unglaublich zartes helles Braunrosa hinüberdämmerte. Sie schluckte, zwang ihren Blick zu den beiden anderen.

»*Hinter den Kropfbändern sitzen bei den Steirerinnen die Giftdrüsen der Naziweiber*«, sagte Else Bartsch gerade. »Er mochte keine Trachten. Aber das wissen Sie ja. Meine isländischen Pullover durfte ich aber schon tragen. Wir fuhren als Kinder jeden Sommer nach Skandinavien, ich bin auch später noch oft hingefahren. Als junges Mädchen habe ich einen Elch gesehen mit meinem Vater. Er hat mir ins Ohr geflüstert, daß es Glück bringt. Daß es eine baldige Heirat ankündigt.«

Sie hat Floericke gelesen, dachte Linda. Widmer lachte und fragte, ob sie denn bald darauf geheiratet habe. Else Bartsch zupfte an ihrem Chanelrock, an einem schwarzen Karo des Musters. Ein Wollfaden stand heraus, den strich sie immer wieder vom schwarzen Feld in ein weißes und zurück.

»Wir saßen im Kaffeehaus und blödelten darüber, wie er mich angerempelt hatte. Ich sagte, daß es bei den Schweden einen Kindervers gibt: Laß diesen Elch nicht an mir vorübergehen. So begann unsere Freundschaft. Es war ganz egal, daß er dreißig Jahre älter war als ich. Das hat überhaupt keine Rolle gespielt für unsere Unterhaltung, meine ich. Ich hatte nicht den geringsten Respekt vor ihm. Ich glaube, das hat ihm gefallen. Er war so verwundert, wissen Sie? So, als wäre ihm ein wirkliches Wunder begegnet. Natürlich hat er sich Gedanken darüber gemacht, wie das weitergehen soll mit uns, mit Nora. Ich war gerade erst verheiratet. Und ich war so jung. Er sagte zu mir: *Erst ist man tot, dann alt, und irgendwann stirbt man.* Wenn er seine Lage so beschrieb, so ehrlich, ohne sich zu schonen, dann wußte ich, daß ich einfach zu spät in sein Leben gekommen war.«

Der Elch hatte sich aufgerichtet. Sein Kopf war zu Else Bartsch geneigt, wie der eines Blinden, der seiner liebsten Stimme zuhört, die ihm etwas vorliest.

»Und dann hatte ich den Einfall mit dem Gedicht.«

Else Bartsch stand auf und ging aus dem Zimmer. Linda und Widmer blickten einander an. Keiner sprach ein Wort. Linda hatte das Gefühl, alles, was bislang gegolten habe, sei außer Kraft gesetzt. Vor dem Fenster hingen trockene, vom Sommer ausgetrunkene Stengel einer Schlingpflanze. Ein einzelnes steifes Blatt knickste, es ging der Wind. Else Bartsch kam mit einer Mappe zurück. Sie schlug sie auf.

»Sind das seine Briefe?« fragte Widmer mit belegter Stimme.

Else Bartsch legte ruhig ein Blatt nach dem anderen um. Sie hatte den Kopf hochgehoben und blickte von oben herab auf die Papiere. Sie trug aber keine Brille.

»Ja«, sagte sie. »Er hat mir zwölf Briefe geschrieben und siebzehn Ansichtskarten. Er wollte sie wieder zurückhaben. Ich mußte ihm versprechen, sie niemals jemandem zu zeigen. Das hab ich auch nicht getan. Hier ist es.«

Sie hielt Widmer ein Blatt in deutlich anderer Handschrift hin.

»Das ist Ihre Abschrift des Elchsgedichts?« fragte Widmer.

»Es ist das Original«, sagte Else Bartsch. »Sie glauben doch nicht, Hermann wäre je auf den Satz *verkreuzt mich ein Elch* gekommen?«

Linda drückte die Augen zu.
»Er war leider etwas feig. Er hätte es nicht abschreiben sollen. Er hatte Angst, meine Handschrift könnte etwas verraten. Und was ist dabei herausgekommen?«

Linda und Widmer trotteten den Weg zum Auto hinunter. Man konnte gerade noch genug erkennen. An die Fahrt durfte sie gar nicht denken. Sie war wie betäubt. Im Auto drehte sie das Radio auf.
» – konnte sichergestellt werden. Die Täter sind geständig.«
Sie blickte Widmer an.
»Vielleicht wird die heutige Nacht dann ruhiger«, sagte er. Linda drehte den Radioknopf wieder zurück.
»Er war wirklich da«, sagte sie.
»Wer?«

Die lustwählende Schäferin

Das Sichtbare weiset unsichtbare Ding.
Catharina Regina von Greiffenberg

Das erste, was Catharina Regina von Greiffenberg am Neujahrsmorgen 1669 zu Gesicht bekam, war die Kopfschmerzkappe ihres Gatten. Die Kappe lag auf dem Teppich, als habe sie jemand verloren. Catharina konnte sich nicht erinnern, sie gesehen zu haben, als sie zu Bett gegangen war. Vor drei Jahren hatte sie Hans-Rudolf die Kappe zu Weihnachten geschenkt – das letzte Stück Näharbeit, an das sie ihre Geduld verschwendet hatte. Doppelter Taft, gefüllt mit Majoranblüten, Kamille, Zimtpulver und geriebener Muskatnuß. Das sollte Hans-Rudolfs melancholisches Kopfweh vertreiben. Die Kappe auf seinem Kopf sagte: »Deine Tür war schon wieder verschlossen.« Was sagte die Kappe jetzt, auf dem Teppich vor ihrem Bett?

Die Fohlendecke rutschte langsam zu Boden. Catharina trat ans Fenster. Es hatte weiter geschneit. Der Wald trug eine Perücke. Wilhelm, der neue Bediente, stand in der Mitte des Hofes, einen Fuß auf die Schneeschaufel gestützt. Er schien zu überlegen, ob er sich an die Arbeit machen sollte. Wahrscheinlich war er ein katholischer Spitzel. Überall wurden sie auf den protestantischen Gütern in Niederösterreich eingeschleust. Ohren offenhalten, ob etwas Unkatholisches verlesen wird. Ob sie eine Revolution vorbereiten. Wenn Hans-Rudolf mit seinen Mistjunkern so dröhnte wie gestern … mit dem Leutzmannsdorfer auf den Tisch haute …

Wilhelm trieb die Schaufel in den Schnee, daß der Kies krachte. Catharina sank von den Fußballen auf die Sohlen zurück. Der Boden war kalt. Das Eis im Teich mußte aufgehackt werden. Vorigen Sommer war die Eisgrube schon im Juli leer gewesen. Wenn man die Säfte nicht kühlen konnte, machte die langersehnte Hitze nur den halben Spaß. Sie schlüpfte in ihre Pantoffeln. Welcher anständige Kerl war zwischen Weihnacht und Neujahr ohne Herrschaft?

Hans-Rudolf hatte ihr im Treppenhaus die Flecken an der Wand gezeigt, wo Schnee durch einen Kamin gekommen war.

»Gibt es einmal keinen Schaden hier?« hatte sie gefragt. »Freiin auf Seisenegg! Was heißt das eigentlich noch! Ein schwerer Zopf, der im Nacken zieht. Und nicht einmal das stimmt mehr.«

Dann hatte Hans-Rudolf ihr ein altes Hausmittel gegen den Haarausfall verraten. Schwarze Schnecken einsalzen, an der Sonne zerrinnen lassen. Die kahlen Stellen damit bestreichen. Sie wollte gar nicht wissen, woher er das Rezept hatte. Aus Zorn gegen seine Gewährsleute, denen sie ohnedies keinen rechten Verstand zutraute, hatte sie ausgerufen: »Das rät man nicht einmal seinen ärgsten Feinden!« Und leiser nachgesetzt: »Nicht einmal den Katholiken!«

Im nächsten Augenblick war ein Fremder die Treppe heraufgekommen. Ein junger Mann, der Arbeit suchte. Er hielt ihr seine Empfehlungsschreiben hin, als wüßte er, daß sie dafür zuständig war. Hans-Rudolf sagte »Also! Also!« und verschwand in den Hof. Catharina las die Briefe, deren Deutsch immer schlechter wurde. Wilhelm war einige Jahre Hauslehrer auf einem Gut in Westungarn gewesen, dann hatte sein Abstieg begonnen. Weinbergarbeiter in Langenlois, Schiffe ausgeladen in Tulln. Kutscher in Enzersdorf. Wiederholte Aufenthalte in Wien. Ihre unvorsichtigen Worte klangen ihr noch im Ohr.

Wie um ihn mit einem frommen Spruch zu beschwören, sagte sie: »*Kein Härlein fällt von mir/ o Gott/ ohn deinen Willen/ wie solte dann ohn dich mir etwas mehr geschehn./ Du zählest meine Haar/ vielmehr wird bei dir stehn/ auch meiner Tränen Zahl/ die weißt du schon zu stillen.* Aus den *Geistlichen Weihrauchkörnern.* Von dem edlen Herrn von Birken. Du kannst bleiben.« Und ließ ihn einfach stehen.

Catharina packte die Kopfschmerzkappe und warf sie auf den Tisch. Vor dem Einschlafen hatte sie noch in Joseph Halls *Frieden-Spiegel* gelesen. Kein einziger Satz war ihr im Gedächtnis geblieben. Sie stieg in ihre Wäsche, hakte die Schnüre am Mieder hinten fest. Bei den Schulterblättern wechselte sie den Griff und faßte von unten nach den Schnüren. Sie band sich eine Masche im Kreuz, prüfte, ob die beiden Schlaufen gleich lang waren. Ehe sie aus dem Zimmer ging, drückte sie ihrer Puppe Erdmuthe mit zwei Fingern die kleine Hand. Guten Morgen. Guten Morgen.

Als sie an Hans-Rudolfs Zimmer vorbeikam, sang drinnen der Hund vor Ungeduld. Sie beeilte sich, die Treppe hinunterzukommen, in die Stiefel und den Pelz. Die Tür zur Kapelle gab mit einem leisen Klicken nach. Innen mußte Catharina sich dagegenstemmen, um den Bolzen einschnappen zu lassen. Es war noch halb dunkel, die Fresken verschwammen an der Decke wie Traumgebilde. Sie kniete in ihrer Bank nieder. *»Ach! Allheit, der ich mich in allem hab ergeben/ Mit allem, was ich bin, beginne, denk und dicht!«* murmelte Catharina. *»Zu deiner hohen Ehr mein Spiel und Ziel ich richt;/ Ach! laß den Engel-Zweck, dein Lob laß mich erstreben./ Laß nichts, als was dich liebt und lobet, an mir leben.«*

Sie hatte die Augen geschlossen, den Kopf in den Nacken gelegt, ihre Lippen standen offen. Die letzte Zeile schlug noch mit leisen Wellen an ihr Ohr. Auf ihren eigenen Worten trieb sie in ihre Andachtsstimmung, in der sie mit Jesus, dem unverheirateten Gottessohn, in ungetrübtem Einverständnis reden konnte.

Er hatte gezeigt, was es hieß, in einer Berufung aufzugehen. Er hatte sich die Schultern wundgescheuert an dem schweren Kreuz. Er hatte in ihr die beste Chronistin seines Lebenswerks gefunden.

Aus der Fußbank stand das Roßhaar in schlampigen Locken. Wenn bloß '69 besser würde als '68. Vor einem Jahr hatte sie hier für den Kronprinzen gebetet, der es nur drei Monate auf der Erde ausgehalten hatte. Eine Textstelle bei Ailianos fiel ihr ein, an die sie damals gar nicht gedacht hatte. Ob der Kaiser wußte, daß der Adler seine Jungen zwang, in die Sonne zu schauen? Wer blinzelte, wurde als Bastard verstoßen. Nach dem Gebet war sie in den Nordtrakt gegangen, um sich die Eisblumen an den Fenstern anzusehen, und dabei hatte sie auf dem Teich diese seltsamen Spuren entdeckt. Schlingen und Arabesken, die sich zu einer Schrift ordneten, aber keinen Sinn ergaben.

Am 13. Februar hatte die Hofburg gebrannt. Sogleich waren die ungarischen Protestanten verdächtigt worden. Sie schrieben an den Kaiser, mit den ärgsten Feinden des Kreuzes verfahre man erträglicher, gestatte ihnen, in ihren Synagogen Lästerungen gegen den Heiland auszustoßen. Auch die abergläubische Kaiserin setzte Leopold gewaltig zu. Wenn Catharina an diese Margarita Teresa dachte in ihrem spanischen Korsett, wehte sie der Hauch einer fremden Kindheit an. Sie meinte zu wissen, daß die Kaiserin unter dem Versprechen stand, Leopolds böse Träume aus dem Krieg zu vertreiben. Der Kaiser hatte es nicht leicht. Umso wichtiger, daß man ihn auf den rechten Weg führte.

Und wenn alle sie für verrückt hielten, einschließlich Birken in seinem sicheren Nürnberg, sie würde nicht ablassen von ihrem Vorhaben. Jeden Tag ein paar Zeilen an der *Adler-Grotte* geschrieben, dann würde der habsburgische Adler in Wien eines Tages vor der Macht ihrer Worte schon kapitulieren. Catharina atmete tief ein. Mit jedem Atemzug nahm sie die reine Zuversicht auf. Sie schloß langsam die Augen. Alles, Wangen, Nasenflügel, Brauen, Lippen, überzog sich mit Glückseligkeit. Ach könnte man doch, wenn man selbst so sicher war, geradewegs auf den Kaiser zugehen, ihn an der Hand nehmen und ihm die richtigen Schritte eingeben. Das ist mein Leib. Das ist mein Blut. Solch einfache Worte. Der Herr ist mit mir auf eine viel genauere Weise, als er mit den Erzengeln ist, dachte Catharina.

Wie konnte der Kaiser dulden, daß man den Protestanten verbot, das Abendmahl hier im Land zu empfangen? Wie konnte er, der als Kind am liebsten Kapellen gebaut, Altäre geschmückt, Messen zelebriert hatte, sie zwingen, für diesen heiligsten Zweck nach Ödenburg zu fahren, oder nach Regensburg, nach Nürnberg ... ach Nürnberg. Sie hatte sich dem Kaiser so nahe gefühlt, als sie von diesen Kinderspielen hörte. Auch Catharina hatte Heiliges Abendmahl gespielt. Mit ihrer Freundin Dora, die die Hände auf ihre ungültige Art faltete. Ein Finger an der rechten Hand war gebrochen gewesen und seither gekrümmt. Dora hatte auf dem Baumstumpf gekniet, mit den Schuhspitzen im Laub gescharrt und den Mund aufgemacht. Catharina hatte ihr ein weißes Rosenblatt auf die Zunge gelegt, den Leib des Herrn. Dora hatte das Blatt nicht zu zerbeißen gewagt und rasch geschluckt. Dann die Frage: »Wenn es giftig ist?« – »Es ist höchstens deswegen giftig, weil du die Hände nicht richtig faltest!« – O die Angst die ganze Nacht hindurch!

Was konnte größere Wollust sein, als im Heiligen Abendmahl das Blut des Erlösers zu trinken? Nach Befehl seiner heiligen Worte sich gemeinsam diesem Befehl unterzuordnen? Das mußte dem Kaiser doch einleuchten. Catharina spürte wieder, daß es etwas gab, das sich gegen ihren Willen stemmte. Es kam aus dem Osten. Es kam aus Ödenburg, wo man sie verleumdete, es kam aus Wien, von den unberechenbaren Jesuiten. Und hinter Ödenburg und Wien warteten die Türken. »O Jesus geh mit mir, sonst setz ich keinen Fuß in dieses neue Jahr«, murmelte sie.

In der Hofeinfahrt kam ihr Wilhelm mit dem schneebeladenen Schubkarren entgegen. Er grüßte, wich nach rechts aus, sie machte einen Schritt in dieselbe Richtung, dann wiederholte sich die Pavane nach der anderen Seite. Der Schubkarren drohte umzukippen. Wilhelm stellte ihn nieder.

»Das Eis muß aufgehackt werden«, sagte Catharina. Wilhelm zog seine Mütze vom Kopf, die Haare klebten ihm auf der Stirn. Er wischte mit dem Ärmel über sein Gesicht und starrte Catharina an, ohne etwas zu sagen, schlug sich mit der Mütze ans Knie und setzte sie wieder auf. Er preßte die Lippen aufeinander und nickte. So lange brauchte er, um ihre Anordnung zur Kenntnis zu nehmen. Sie ging an ihm vorbei, seinen Eigensinn im Rücken, unter dem Gewölbe durch, von dem die Fangnetze für die Jagd herabhingen, und die Auffahrt hinunter, bog am Tor rechts ab und wanderte den Damm am Graben entlang zum Teich. Ihre Tritte vom Vortag waren fast zugeschneit. Sie versank in ihren eigenen Spuren. Sie wünschte sich, schneller voranzukommen. Der Teich war bis ans Ufer zugefroren, obwohl es seit dem Schneefall ein wenig wärmer geworden war. Allerwertester Silvano, sagte sie im Geist zu Sigmund von Birken. Der Winter ist ein Feind der Gesundheit. Das verdrießliche Stubensitzen hat die beim Jagen erjagte Gesundheit längst wieder verjagt. Die Post bleibt tagelang in Grein, von Regensburg ist kein Schiff zu erwarten. Catharina holte tief Luft.

Sie hob die Zweige hoch, ließ den Schnee herunterrieseln. Das Schloß stand jenseits des Teichs, ein großer Kasten, in dem sich Hans-Rudolf wahrscheinlich gerade räusperte. Catharina bückte sich und schlüpfte unter den Zweigen durch. Hinter diesem fast zugewachsenen Eingang, den niemand ausschneiden durfte, wurde der Weg freier. Neben dem Weg, am Fuß der niederen Böschung, war das Bett des Seiseneggerbachs. In den tiefen Stellen warteten die Forellen unter dem Eis auf Licht. Catharina meinte, das kalte Fleisch der Fische selbst im Körper zu spüren.

Auf ihrem Atem trug sie eine Melodie mit. Wenn sie nicht weiterwußte, improvisierte sie ein paar Töne, aber sie kehrte immer wieder zu dem Anfangssatz zurück, der ihren Segen schon hatte. Es war nicht anders als beim Schreiben, wenn man am Abgrund des letzten sicheren Wortes stand.

Die erste der beiden Lichtungen tat sich auf. Catharina ging am Waldrand entlang, wo nicht so viel Schnee lag. Vor Weihnachten hatte sie an dieser Stelle an einem Nachmittag in der Dämmerung ein Reh gesehen. Es war auf sie zugekommen wie eine Dichterin auf eine andere in einer Welt, in der es zu wenige verwandte Seelen gab. Es hatte einen schweren Bauch gehabt, sicher war es trächtig. Beim Gehen setzte es den rechten Fuß vor, das hätte ein männliches Junges bedeutet. Catharina folgte dem Pfad in den Wald hinein. Hier war es einfacher, voranzukommen. Mit ihren großen Schritten und dem an die Stiefel schlagenden Mantel fühlte sie sich wie ein Soldat. Gestern hatte der Leutzmannsdorfer wieder von der Türkengefahr gesprochen.

»Keine fünf Jahre sind seit dem Frieden von Eisenburg vergangen. Sie versuchen es ja schon da und dort, stehlen Rinder und Schafe und ein frisches junges –, na, du weißt schon ... Ich werde jedenfalls dem Türken ein Loch mitten in die Stirn schießen, und meine Leute werden ihm mit brennenden Pfeilen den Turban anzünden. Ausräuchern, die Schädel!«

Sie waren bei ihrem Lieblingsthema angelangt. Man konnte glauben, für zwei Sechzigjährige wie Hans-Rudolf und den Leutzmannsdorfer gebe es nichts Zufriedenstellenderes, als über den Krieg zu reden. Sie bauten mit sicheren Handgriffen die Szenerie auf. Die Schüssel mit den eingelegten Weichseln war das Leithagebirge, die Sauciere mit ihrem Schnabel das vertröpfelnde Dorf St. Gotthard an der Raab. Messer und Gabeln wurden in Stellung gebracht. Der Türke kam aus den unendlichen Weiten jenseits des Tischrands. Die beiden Männer reizten einander mit Ortsnamen und Entfernungen, mit Truppenzahlen und Uhrzeiten – »drei Uhr vierzig, es war Neumond« – in eine Erregung hinein, die für Catharina faszinierend und abstoßend zugleich war. Sie wunderte sich, daß man so viele Einzelheiten im Gedächtnis behalten und in der richtigen Reihenfolge zu einer Geschichte auffädeln konnte. Wenn einer der beiden sie zufällig anschaute, hatte sie das Gefühl, ein Schauspieler werfe einer namenlosen Person im Publikum einen Blick zu. Der Sommer '63, als sie mit ihrer Mutter mitten in der Getreideernte nach Nürnberg flüchten mußte, wurde ihr von den zwei Alten auf die einzig gültige Weise erklärt. Sie, die dreißig Jahre Jüngere, durfte nur zuhören.

Hans-Rudolf hatte die Bauern, die sich in den Hof gedrängt hatten, beschworen, die Felder nicht gerade jetzt im Stich zu lassen. Catharina war wie die Leute, nur stiller, außer sich geraten und damit, ob sie es wollte oder nicht, auf deren Seite gewesen. Sie konnte verstehen, daß sich die Bauern lieber im Schloß verkrochen hätten, als für alle Tataren und Rebellenbrenner sichtbar die Ernte einzufahren. Wenn Catharina sich nicht einmal im Schloß sicher fühlte, sondern noch am selben Abend das Schiff nehmen würde, mußte man den Leuten nicht zumindest den Schutz der befestigten Mauern zugestehen? Sie haßte Hans-Rudolf, als er die Bauern in Sicherheit wiegte: Alle Vorwarnungen würden funktionieren, die Kreidfeuer seien erst im Jänner überprüft worden. Sie war mit einem Mann verheiratet, von dem sie nicht mit letzter Sicherheit sagen konnte, ob er Anstand besaß.

Als die Schlacht wieder einmal gewonnen war, konnte der Leutzmannsdorfer beruhigt mit den Fingern in die Weichseln greifen. Und dann erzählte er in seinem verhaltenen Neuigkeitenton mit den gewichtigen Pausen drin, daß sie in England Perücken aus dem Haar von Pesttoten anfertigten. Hans-Rudolf verließ das Zimmer. Catharina wußte, daß er draußen auf dem Gang die Perücke abnahm und daran roch.

Kann Er sich vorstellen, wertester Freund, dachte Catharina, was ich hier auszustehen habe? Das Gefühl, wenn mir der Leutzmannsdorfer die Hand gibt, daß er mir alle Finger bricht und sie wie einen Strauß ... wie ein Bündel Zweige in der Hand hält?

Sie trat aus dem Wald. In der Mitte des Rondeaus war der Schnee aufgewühlt, Spuren führten nach der anderen Seite weg. Catharina legte die Hand an die Schläfe, so stark drängte sich das Weiß in die Augen. Die Sonne tastete mit einem rosarot glitzernden Strahl diese Wunde im Schnee ab. Als Catharina auf die Stelle zuging, schien alles Denken ausgelöscht. Vor den Abdrücken blieb sie stehen. Sie erkannte sofort, was sich ihrem Blick bot. Jemand hatte sich auf dem Rücken in den Schnee gelegt und mit den Armen zwei Halbkreise eingedrückt. Ein riesiges Adlersiegel.

Links unten war etwas, das nicht dazu paßte. Es sah aus wie Himmelschlüssel im Schnee. Catharina trat heran. In den Schnee versenkte, kleine gelbe Kristalle. Das war nichts anderes als ... hier hatte jemand in den Schnee ... nun sah sie erst, daß es Buchstaben waren. C. R. G. Catharina spürte ihre Unterlippe zucken. Gottes Hand führt seltsame Griffel.

Wer außer Hans-Rudolf wußte von ihrem Vorhaben, den Kaiser zu bekehren? Natürlich war Birken eingeweiht. In jedem Brief hatte sie ihn ihres Entschlusses versichert, »sollte es auch hundert tausend Hälse kosten«. Sie rannte in den Wald zurück mit komischen Sprüngen. Ein Strauch fuhr ihr in die Augen und wollte ihren Blick sehen. Sie hatte Hunger, war dankbar für dieses einfache Gefühl, das es mit ihrem Schrecken aufnahm.

Ins Schloß zurückgekehrt, ließ sie sich heiße Milch mit Honig und Früchtekuchen bringen. Sie glaubte das Knirschen von Wilhelms Schaufel im Hof zu hören, aber als sie nachschaute, war niemand unten. Sie trug manchmal alte Geräusche mit sich herum, das Tuten des Schiffs, wenn sie von Wien oder von Regensburg zurückkam, das Schlagen der Räder auf dem Pflaster in Nürnberg.

Catharina riß die Knöpfe ihres Kleids auf, schlüpfte aus den Ärmeln. Das Oberteil hing hinunter. Die Ärmel schlenkerten auf ihren Hüften. Unter dem Rock wurde es noch heißer. Sie haßte das umständliche An- und Ausziehen. Sie wünschte sich, ein Wesen zu sein, das nie fror oder schwitzte. Sie wischte sich über die Lider. »*Du treuer Augensaft, du bist bei mir, wenn ich bin bei mir selber nicht*«, sagte sie. Der Gedanke, daß sie eine bessere Schriftstellerin gewesen sein könnte, als sie ihr Tränensonett geschrieben hatte, war beunruhigend. Diese eine Zeile machte alles Folgende über Tränen zu einer Schreibübung. »Ihr Tränen«, sagte sie. »Ihr Tränen seid – ihr Tränen seid – was seid ihr?« Sie zwängte sich den Rock über die Hüften. »Regentropfen. Auf die Seel' gespritzt. Stimmt nicht. Ihr Tränen seid – der

Schweiß von Leiden. Ihr Tränen seid – recht zwischen Furcht und Trost die Dämmerung.« Sie schrieb die Zeile im Stehen auf, als die Tür ging. Hans-Rudolf kam herein.

»Catherl! Ich hab ein bißchen einen Kater!«
»Ich bin beim Arbeiten, Hans-Rudolf.«
»Brav. Catherl, ich will – «
»Sag nicht Catherl – «
Er legte seinen Arm in einem weiten Bogen um eine unsichtbare Figur. So war sie als Mädchen immer in seine Onkelarme gezogen worden, nachdem der Vater gestorben war. Jetzt sah Hans-Rudolf wie ein ungeschickter Tänzer aus, der mit sich selbst tanzen mußte.
»Meine Kappe. Was macht die hier?«
Catharina zuckte mit den Achseln. Sie überlegte, ob sie von ihrem Erlebnis erzählen sollte, aber damit würde sie ihre eigenen Regeln brechen und Hans-Rudolf gestatten, in ihrem Arbeitszimmer häusliche Angelegenheiten zu besprechen. Im November hatte sie den Einfall gehabt, ihren Schreibtisch aus dem schwer heizbaren Zimmer über der Bibliothek in ihr Schlafzimmer zu stellen.

Hans-Rudolf streckte die Hand nach ihr aus. Die Manschettenfalten waren schlampig gebügelt. Ich lasse ihn verkommen, dachte Catharina. Er legte ihr die Hand auf die Schulter. Seine Hand war warm und weich. In seinen Augen stand die Bitte: Sei nicht so streng. Aber das konnte auch heißen: Sei nicht so undankbar!

Sie hatte alles, was er ihr beigebracht hatte, weit hinter sich gelassen. Sein schlechtes Italienisch, die paar Konversationsbrocken, die er von seinem sogenannten Jurastudium in Padua mitgebracht hatte und mit denen er ein Leben lang prahlte. Bei ihm klangen sie längst wie die Mundart der hiesigen Bauern. Der Schreibtisch war ihre Zuflucht. Auf diesem Schreibtisch hatte sie ihre geistlichen Lieder und Sonette geschrieben, die Hans-Rudolf nach Nürnberg zum Druck schickte, um sie mit dem fertigen Buch zur Heirat zu überreden.

Hans-Rudolf schob sie zum Bett, drückte sie an den Schultern nieder und setzte sich neben sie, halb auf ihr Kopfkissen. Sie rutschte weiter, er faßte sie in den Kniekehlen und legte sie aufs Bett, legte ein Bein über ihre Beine. Hans-Rudolf hielt ihren Kopf am Kinn und hob ihn hoch, mit Daumen und Mittelfinger drückte er auf ihr Blut unter den Ohren. Das war nur einen Atemzug vom Schmerz entfernt. Er hielt ihren Blick weg von seinem Gesicht, von seinem Körper, an dem er wild herumfingerte, unten, wo seine Hose auf der Haut klebte und nicht wegzuschieben war. Sie mußte nur Geduld haben, diese verhaßte, zu Haß gerinnende Geduld, bis es seiner Lust zu mühselig wurde. Das Geräusch, das seine Hand machte, klang, als ob er ein Tier erwürgte. Er hätte mindestens drei Hände gebraucht. Sein Atem stieß mit einem scharfen Pfeifen auf ihren Hals, wo sie es abwechselnd heiß und kalt spürte. Ihre Beine lagen steif aneinandergepreßt, wie die einer Gelähmten. Er stöhnte sein grobes, *ungebildetes* Stöhnen. Sie stellte sich Jesus am Kreuz vor, wie zwischen seinen feinen Lippen ein gesungener Hilfeschrei der Seele hervorkam, vollendet schön und wahrhaftig, nichts leugnend. Ihr Tränen seid recht zwischen Furcht und Trost die Dämmerung.

Hans-Rudolf gab einen Laut von sich, als wollte er gleich zu weinen anfangen. Er setzte sich auf und kehrte ihr den Rücken zu. Catharina lag auf ihrer Bettseite.

»Wann bekommen wir die Verteidigungsschrift von deinem Freund?« fragte Hans-Rudolf.

Dafür schreibt er sie nicht, Hans-Rudolf, dachte Catharina. *Dafür* nicht!

»Was meinst du denn?« fragte sie gereizt.

»Ach was.«

Er stand auf und verließ das Zimmer. Catharina ließ sich zurückfallen. Sie drehte den Kopf zur Seite und sah die Eindrücke von Hans-Rudolf auf dem Kissen. Sie schlug mit der Faust auf die Grube ein.

»Nichts geht«, schrie sie leise. »Nichts. Geht.«

Sie wiederholte die Worte, bis sie nur noch ein Rhythmus waren, mechanische Bewegungen der Zunge. Was willst du von mir, o Gott? dachte sie. Kannst du wollen, daß ich hier liege, lebendig begraben? Habe ich nicht alles getan, was von mir verlangt wurde, Hans-Rudolf geheiratet, nachdem er auf meine Weigerung hin krank geworden war? Voll des Vertrauens, Hans-Rudolf würde deine Zeichen zu lesen wissen ... Hans-Rudolf würde solche Zeichen *bekommen* ... Habe ich dich falsch verstanden, o Gott? Catharina erschrak. Sie setzte sich auf. Wie kann ich mich so verloren fühlen? dachte sie. Du zählst mit deinen eignen Zahlen. Spiel nur mit meinem Sinn nach deiner dunklen Art! Ich laß ihn dir!

Auf ihrem Kissen lagen einzelne Haare, wie jeden Morgen. *Kein Härlein fällt von mir/ o Gott/ ohn deinen Willen.* Das war wie für sie geschrieben, als habe Birken ihre Sorge um Gesundheit und Schönheit vorausgeahnt.

Sie ging zum Schreibtisch und nahm das Bildnis Birkens heraus. Sie stellte sich vor, Birken habe gerade geschluckt. Es war nur natürlich, daß sich sein Adamsapfel jetzt nicht bewegte. Mit der Hand deckte sie die obere Hälfte des Bildes ab. Seine Wangen waren unterpolstert, die Oberlippe links ein wenig hochgezogen, als wollte er seinen Bart geraderücken. Die Grübchen zu beiden Seiten, über die sie schon so viel nachgedacht hatte. »Na bitte! Na also!« Sie schienen ihre Ankunft zu bestätigen, endlich war Catharina eingetroffen, in Nürnberg in diesem freundlich-fränkischen, protestantischen Exil, oder in dieser Erkenntnis, für die sie so lange gebraucht hatte, daß Birken beinah die Geduld verloren hätte. Oder sie hatte endlich das einzige Bild für die Darstellung des Gewitters gefunden: »Himmels= Entladung«. Damals, '63 in Nürnberg, diese ersten Wochen des Exils, als die Türken und Hans-Rudolf gleich weit weg waren und sie den Mann zum ersten Mal sah, der ohne ihr Wissen eine Vorrede zu ihrem Gedichtband geschrieben hatte. In jedem seiner Worte war sie enthalten.

Sie schob die Hand nach unten. Seine dunklen Augen blickten sie an. Zwischen den Brauen schien der Vorwurf zu sitzen, mit dem er sie in seinem letzten Brief überrascht hatte. Sie zweifle an seiner Innigfreundschaft. Sie wolle ihm ihre Treue entziehen. Catharina nahm einen Bogen und begann zu schreiben.

»Weil ich alle Posttage, ja alle Stunden derselben ein ganzes Viertel-Jahr hindurch gezählt und mit Verlangen, aber vergeblich gewartet habe, also laß ich Ihn selbst urteilen, ob ich nicht einige Ursach gehabt, an seiner Innigfreundschaft zu zweifeln. Zwar, ich muß wohl auch bekennen, daß wir beide recht lächerlich seien in unsern Einbildungen, indem wir beide gemeint, wir sollen unsere Gedanken ohne Erklärung wissen. Er will, ich soll seine Opfer und Gedanken durch das Stillschweigen lesen. Wir müssen uns erinnern, daß wir nicht Götter, sondern Menschen sind, die vonnöten haben, die Gedanken durch die Feder sichtbar zu machen.«

Sie unterstrich die letzten Worte.

Sie hatten sich zueinander gelehnt, ihre rechte Wange an seiner linken. Diese flüchtige Berührung, kaum wahrgenommen, schon wieder vorbei, weich punktiert durch ein Zeichen der Lippen. Beide hatten sie im selben Augenblick die Lippen gespitzt und einen wie geahnten, wie erinnerten Kuß auf des anderen Wange gedrückt. Erz-äußerster Grad der Süßigkeit. Dann hatten sie sich wieder entfernt. Ihre Plätze eingenommen, die Verpflichtungen bedeuteten in einem Haus, das der andere nicht kannte. Sie wußte nicht, was sich in diesem Kuß einen Wimpernschlag lang gesammelt hatte – gemeinsame Trauer oder gemeinsame Hoffnung. War das überhaupt ein Kuß gewesen, oder hatten sie eine neue Art der Berührung gefunden? Sie traute sich und ihm sogar das zu, und diese Verwegenheit war etwas völlig Neues.

Wie verrückt alles war. Jetzt saß Birken wahrscheinlich gerade an seiner Verteidigungsschrift. Suchte Argumente, um diesem Gauner in Ödenburg den Wind aus den Segeln zu nehmen. Mittlerweile war auch sie überzeugt, daß es überflüssig und schädlich gewesen war, von dem Priester Absolution für Hans-Rudolfs Blutschande zu erbitten. Man hatte nur wieder einen Bluthund geweckt. Einen aus den eigenen Reihen diesmal. »Zu rein und redlich gebeichtet.« Das war fast ein künstlerischer Tadel.

Warum konnte Birken jetzt nicht hier sein, damit sie das auf der Stelle besprachen?

Sie stand auf.

»Zu rein und redlich gebeichtet«, sagte sie. »Erinnert Ihn das an etwas, wertester Freund? Eines unserer ersten Gespräche im Sommer '63, als ich Ihn fragte, warum Er mein *Trauer-Liedlein in Unglück und Widerwärtigkeit* nicht in die Sammlung aufgenommen hatte. Er konnte nicht wissen, wieviel es mir bedeutete. Für Ihn war es eines unter vielen Gedichten, und es mußte ja eine Auswahl getroffen werden. Er sagte: Sagen Sie mir langsam jede Zeile auf, Euer Gnaden. Und ich tat's. Und Er hörte mir zu mit diesem siegesgewissen Sigmund-Ausdruck. Dann sollte ich an jede Zeile das Wort ›Doktor‹ anhängen: Ach mein Herz will mir zerbrechen, Doktor. Ich kann schier kein Wort mehr sprechen, Doktor. Mich erstickt der Seufzer Stoß, Doktor. Es ertränken mich die Tränen, Doktor. Na bitte! Als ob Euer Gnaden einem Arzt Symptome aufzählten, sagte Er. So schreibt man nicht.«

Catharina ging unruhig hin und her. So schreibt man nicht. Und wenn doch? Am liebsten wäre sie gleich aufs Schiff gegangen, wie in Trance die Donau hinauf, in Regensburg ausgestiegen und in die Kutsche, ihr »Und wenn doch?« noch warm im Mund. Die paar Begegnungen würden nie ausreichen, um alles zu bereden, was sie bedrängte. Es war, als trügen selbst seine Widersprüche eine Zustimmung zu ihrem, Catharinas Wesen, die sie von niemandem sonst erhielt. Es klopfte. Sophie kam herein.

»Der Wilhelm möchte mit der Gnädigen Frau in die Eisgrube gehen.«

»Was bildet sich der denn ein? Warte, Sophie – – – nein, geh.«

Catharina stieg ins Gewand. Im freigeschaufelten Hof lag der Hund, den Kopf seitlich an den Boden geschmiegt, die Lefzen weit zurückgezogen. Er kaute an einem Knochen. Wilhelm fragte: »Ist's recht?« und ging voraus.

Die Eisgrube war in den Felsen des gegenüberliegenden Schloßbergs gehauen. Wilhelm machte viel zu lange Schritte. Das letzte Stück Weg war tief verschneit. Wilhelm trat auf dem Schnee herum. Es sah aus, als wollte er ein Feuer auslöschen. Die Tür zur Eisgrube war aus schweren Eichenholzbrettern zusammengenagelt. Wilhelm stemmte die Riegel mit den Handballen hoch. Auf der Innenseite war ein Balken angebracht, mit dem man die Tür aufspreizen konnte. Die Kälte griff dumpf nach Catharinas Gesicht. Es roch, als verströme ein schlafender Eisriese seinen alten Atem. Zwei Schichten Eis mit einer Lage Stroh dazwischen waren im Dezember hereingebracht worden. Wilhelm schlug mit der Hand gegen die Felswand.

»Nicht verkleidet«, sagte er. »Und die Eisblöcke liegen zu knapp an der Wand.«

Er drehte sich zu ihr. Sein Gesicht war nur schwach ausgeleuchtet von dem bißchen Tag zwischen Tür und Wand. Die Schatten auf seiner Stirn und auf den Wangen gaben ihm einen schicksalshaften Ausdruck. So könnte Celadon in der *Astrée* aussehen. Diese dummen Schäferromane, die sie in den fünfziger Jahren gelesen hatte.

»Man muß die Blöcke sehr sorgfältig auf das Stroh betten und achten, daß sie nicht anstoßen. Ich könnte versuchen, wenigstens eine Seite in Ordnung zu bringen, solange noch nicht mehr Eis eingelagert ist. Haben Euer Gnaden schon einmal Wild eingefroren? Man könnte hier rechts« – er schnitt mit der Hand durch die Luft – »eine Trennwand aufstellen und zwei Regale bauen. Ist es nicht ein Wunder, daß man alles, was in einem Stück Hirschfleisch an Geschmack und an der Lust des Jagens drin ist, einfrieren und wieder zum Leben erwecken kann? Eines Tages wird man auch uns einfrieren. Nach einer Weile kann man uns dann wieder auftauen.«

»Bist du verrückt? So etwas darf man gar nicht denken.«

»Manchmal glaube ich, daß wir nicht die letzten sind«, sagte Wilhelm. »Nach uns kommen noch welche. Wir sind nur die Vorspeise.«

»Soll ich dir etwas sagen? Klügere Männer als du haben ausgerechnet, daß die Welt im Jahre 3958 vor Christi Geburt erschaffen wurde. Und daß sie nicht mehr allzu lange Bestand haben wird. Man weiß nicht, ob noch jemand das nächste Jahrhundert erleben wird.

Kannst du dir vorstellen, ein Datum mit der Jahreszahl 17 vorn zu schreiben? Ich nicht.«

Sie traten aus der Eiskammer heraus.

»Wie alt bist du eigentlich?« fragte Catharina.

»Aus dem einen herausgewachsen, ins andere hineingewachsen«, sagte Wilhelm. »Also den Neujahrsmorgen 1700 würden Euer Gnaden nicht gern erleben?«

* * *

Die Puppe Erdmuthe saß auf dem Schreibtisch und sah zu dem dunklen Krüppel hin, der auf einem Tuch am Fensterbrett lag. Die Beine ein gegabelter Zweig, auch die Arme ausgesuchte Zweige, die in der Mitte einen Ellbogen hatten, der Kopf ein Tannenzapfen mit einer Frisur aus Moos. Diese Körperteile waren an einem Holzscheit festgeklebt und mit einem Stofflappen festgebunden. Der Stoff ließ zwei Kiefernzapfen als Brüste frei. Zwischen diesen steckte ein Nagel.

Catharina atmete tief durch. Sie zwang sich, die dunkle Puppe anzusehen. Nein, sie spürte keinen Schmerz in der Brust. Die Schwarzkünstler, die solche Figuren verfertigten und ihnen alle Pein antaten, erreichten ihr Ziel nicht. Jeder Atemzug versicherte ihr, daß sie keinen Nagel in der Brust stecken hatte. Die Puppe war auf ihrem Spazierweg gelegen. Am Nachmittag hatte es zu regnen begonnen und nicht mehr aufgehört. Das war vor vier Tagen gewesen. Jetzt kam der Seiseneggerbach wie eine riesige braune Schlange aus dem Wald und stürzte sich in den Teich, der in seinem Wasser zu ertrinken schien.

Die zarten Moosflechten konnte man zu Locken legen. Catharina zog an ihrem eigenen Haar und steckte eine Strähne zwischen die Lippen. Die Großmutter hatte ihr als kleinem Mädchen manchmal die Zopfspitzen mit Speichel geformt. Sie hatte sich gewünscht, die Haare würden nie trocknen, weil sie dann ihre Form behalten würden. Auch beim Nähen hatten sie den Faden immer angefeuchtet, ehe sie ihn durch das Nadelöhr führten. Um so eine Puppe herzustellen, brauchte man nicht unbedingt die Hände einer Frau. Der Krippenschnitzer in Viehdorf machte viel kleinere Figuren. Die Bemalung besorgte seine Frau.

Catharina starrte auf den Nagel. Was dachte sich einer, wenn er mit dem Hammer den Nagel in den Holzkörper trieb? Setzte das Gehirn aus, wenn er spürte, wie das Eisen den Weg durch den Leib nahm? *Gott weiß, wie weh es tut, wenn der Verleumdung Dolch/ man in der zarten Brust mit Grausamkeiten – solch,* dachte Catharina. Sie schrieb die Zeilen auf. »Dolch/solch« gefiel ihr nicht. Sie notierte »Strolch«, aber sie wußte, diesem Wort würde sie die Ehre nicht geben.

Sie wollte jetzt nicht arbeiten. Die Mühe, die richtigen Wörter herbeizuzwingen, schien ihr übergroß. Mit dem Teich konnte jede Stunde etwas passieren. Die Geschäftigkeit der vorangegangenen zwei Wochen rumorte noch in ihr. Hafer und Gerste waren gesät, der Küchengarten umgegraben worden, Kohlrabi, Kraut und Zwiebeln angepflanzt und erstmals die von Dora Laßberg empfohlene Cauliflor. Ein schöner Name. Könnte sie irgendwann verwenden.

Gott weiß ... er fühlt nicht nur in ihm der Lügen Mordes-Streiche/ Er fühlet sie ... sowohl in mein als seiner Leiche. Unmöglich. *Sowohl in mein als seiner – Weiche.* Oder *meiner Weiche?* Sie probierte die zwei Versionen aus, aber irgendwann verflüchtigten sich die Bedeutungen wie unter einem bösen Befehl. Es mußte einen Unterschied geben. Wessen Weiche stellte man sich vor – erst die, bei der das Substantiv stand. Wessen Weiche sollte man sich vorstellen – ihre oder die von Christus? Keine Frage. Also: *Er fühlet sie sowohl in mein als seiner Weiche.*

Als Kind hatte ich endlose Geduld, dachte Catharina. Die vielen Tischtücher, die ich bestickte. Beim Kreuzstich immer nur die vorgeschriebenen drei Fäden aus dem Leinen heben. Man führte ein Motiv, eine Pfingstrosenblüte zum Beispiel, zuerst mit den unteren, linksgeneigten Stichen des Kreuzstichs aus, stickte dann die obere Schicht darüber. Ihr Mittelfinger bekam rote Punkte vom Nachschieben der Nadel. Einen Fingerhut wollte sie nicht tragen. Sie war stolz auf die kleinen Wundmale gewesen.

Sie packte die Puppe Erdmuthe sanft unter den Armen und hob sie zu ihrem Gesicht. Die Puppenhand fuhr Catharina über die Wange, betupfte ihren Hals, klopfte an ihrem Dekolleté, kam auf ihrem Herzschlag zu liegen. Catharina sah auf das Puppenhaar hinunter, den Scheitel, wo das Haar mit einer Quernaht niedergehalten war. Die Puppe hatte so etwas Ernstes an sich, als fühle sie Catharinas Puls. Catharina setzte sie wieder vor sich hin und sah ihr in die braunen Glasaugen.

Drum haltet damit ein, bedenkt ... ich bin das Bild, und Gott wird in Person verletzt! Sie las sich, was sie geschrieben hatte, noch einmal vor und ersetzte »Dolch« durch »Schwert«. *Wenn der Verleumdung Schwert/ man in der zarten Brust mit Grausamkeit um-kéhrt.* O Gott. Geduld.

Vor vielen Jahren hatte Hans-Rudolf ihr aus Italien ein Album rammendo mitgebracht – eine Schule der Geduld und Genauigkeit. Ein Büchlein mit Stoffstücken – kariert, geblümt, weiß-rosa Streifen –, in die jeweils ein kleines Viereck aus demselben Stoff höchst kunstvoll eingeflickt war. Wer hatte Hans-Rudolf damals auf dieses sonderbare Geschenk aufmerksam gemacht? Wer aus dieser sentimentalen Trinkrunde ehemaliger Studenten hatte dieses Album rammendo entdeckt? Oder war Hans-Rudolf selbst darauf gestoßen, mit stolpernden Liebesgedanken an die Nichte daheim? Hatte ihn eine Ahnung der Fraulichkeit gestreift, als er dieses Geschenk sah, und einfach zugegriffen? Der Höhepunkt dieses Albums war eine Bordüre mit Blüten und einem Papagei. Der trennende Schnitt war über die Schwanzfedern des Vogels und einen Blütenkopf gegangen. »Das muß so genau geflickt sein, daß er wieder mit dem Schwanz schlagen kann«, hatte Catharinas Mutter gesagt.

Hans-Rudolf brachte ihr noch immer jedesmal etwas mit. Er reiste jetzt nach Wien oder in die Winkelmühl oder ins Steyrische zum Kupferbergwerk. Im Februar hatte er ihr einen Klumpen Silber mitgebracht, der in den Abraum geraten war. Merkwürdige Rettung eines edlen Metalls. Man mußte schon ganz verstockt sein, wollte man darin nicht einen Hinweis auf andere Rettungen sehen, die noch bevorstanden. Silber aus der Umklammerung des Kupfererzes – der Kaiser aus den Fängen des Papsttums. Und es war kein Zufall, daß Hans-Rudolf just an jenem Tag heimgekommen war, an dem sie Birkens Verteidigungsschrift erhalten hatte. Wenn Hans-Rudolf unterwegs war, hatte sie Angst um ihn. Dann kam er heim, legte ein Geschenk auf den Tisch, ein schönes, wie das Silber, oder ein mißratenes, wie den präparierten Marder letztes Jahr, und sogleich spürte sie diese Ungeduld mit ihm ... jetzt saß er in der Winkelmühl fest.

Catharina hielt das Blatt mit den paar Zeilen noch in der Hand. Vielleicht waren sie für die *Passions-Betrachtungen* zu verwenden. Ein Kupferbild dazu könnte man sich gut vorstellen, besser jedenfalls als zu den meisten anderen Gedichten, die sie seit Jahresanfang geschrieben hatte. Die Kupfer sollten zugleich klar und dunkel sein. Nach deren Erfüllung sollen sie deutlich sein, davor nicht einmal eine Andeutung geben – so weit war sie in ihren Überlegungen schon gekommen. Aber keine Idee von einer konkreten Anweisung für den Kupferstecher.

Wenn die Erlauf so viel Wasser führte wie die Ybbs, konnte es rund um die Winkelmühl auch zu Überschwemmungen kommen. Anfang März hatten sie hier einen Ertrunkenen aus der Ybbs gefischt. Wilhelm hatte ihn vorbeitreiben gesehen, »mit erhobenen Armen«. Dieses Bild ging ihr nicht aus dem Kopf, zwei aus den Fluten ragende Arme. *Wie man, wenn man in den Wellen schwebt, nichts nicht reden kann,/ weil der redbegierig Mund von dem Fluß und Guß geschlossen.* Mehr war ihr dazu aber nicht eingefallen. Die Zeilen tanzten an ihr vorbei. Sie müßte schneller zupacken, die Zeilen festhalten und streng befragen. Auf dem Papier waren sie tot. Sie war zu langsam, erfaßte den Augenblick nicht, in dem sich die Wahrheit zeigte.

Kurz vor Vollmond hatte Wilhelm gesagt: »Elfte Woche nach Weihnacht, Zeit fürs Säen!« Seine bestimmten Worte wollten glauben machen, daß man genau wissen könne, was zu tun war. Sie hatte sich imstande gefühlt, dieses Jahr den Verrichtungen draußen die paar Sätze abzutrotzen, die sie für ihre Gedichte brauchte. *Ein Weizenkorn/ das man im Frühling säet/ vergeht und stirbt/ eh dann es neu aufgehet./ Dein Leichnam ward begraben/ den meine Sünden todgemartert haben. Als in die Erd du Weizkorn dich verlorn:/ es ward bald wieder neu geborn.* Das hatte sie zufriedengestellt wie schon lange kein Gedichtanfang. Aber es war nichts nachgekommen. Und die wirklichen Weizenkörner verfaulten vielleicht schon in der nassen Erde, wußten von keiner Auferstehung. Das löschte mit einem Handstreich alle ihre Worte aus.

Bleiben oder hinuntergehen? Sophies Klopfen nahm ihr die Entscheidung ab. Als sie zum Teich kam, sah sie das Malheur. Das Wasser breitete sich rücksichtslos aus, es spielte wie ein besessenes Kind. Die Reusen waren gebrochen. Wilhelm watete in dem neuentstandenen Teich und versuchte, mit bloßen Händen die Karpfen einzufangen. Er näherte seine Hände einem glänzenden Rücken, der schlug um sich und schwamm in einem Bogen zu einer Stelle, wo das Wasser tiefer war. Der Regen fiel vom Himmel. Catharina nahm einen der Körbe, die da lagen, und machte ein paar Schritte ins Wasser.

»Treib sie her zu mir!« rief sie.

Wilhelm stapfte breitbeinig umher und kämmte das Wasser bis zu den Ellbogen.

»Achtung!«

Catharina sah etwas auf sich zukommen. Sie bückte sich, im Rock stieg das Wasser hoch. Es ging ganz schnell. Der Fisch peitschte an ihren Rock zwischen den Knöcheln, sie griff hinunter, spürte seine Fülle, das um sich schlagende Stück fremden Willen, und hielt, so gut sie konnte, fest. Dann war Wilhelm schon da, riß ihr den Fisch aus der Hand und warf ihn in den Korb. Im selben Augenblick schrie jemand. Wilhelm und Catharina sahen einander an. Sie waren es nicht gewesen. Catharina zeigte ans andere Ende des Teichs. Dort krümmte sich einer der Bauern zusammen und klammerte sich an einen Stock.

»Das ist der Georg! Er hat sich die Mistgabel in den Fuß gestoßen«, sagte Wilhelm. Sie liefen ans Ufer. »Er muß ausgerutscht sein. Der Damian ohne Maul – jetzt kann er plötzlich schreien!«

Als sie zu dem Mann kamen, stand er noch immer an die Mistgabel geklammert, als müßte er bei der geringsten Veränderung ins Jenseits rutschen. Im Wasser schwammen rote Schlieren. Das Gesicht war zu einer grinsenden Maske festgezurrt. Catharina sah, daß er oben nur zwei Zähne hatte. Wilhelm griff ihm unter die Schultern und zog ihn langsam an Land. Die Mistgabel wanderte mit. Der Mann stöhnte und wölbte seine Zunge vor, als wollte er erbrechen. Catharina ging neben ihm her.

»Was ist denn!« rief Wilhelm zu den anderen, die sich mittlerweile eingefunden hatten. »Den Schubkarren!« Zu Catharina gewandt: »Euer Gnaden müssen ihm die Gabel aus dem Fuß ziehen!«

Catharina sah ihn voll Angst an.

»Lange kann ich ihn nicht mehr so halten. Und mit der Gabel können wir ihn nicht hinlegen. Schräg ziehen, damit sich die Zinken nicht verhängen.«

Catharina begriff nicht gleich, was er meinte. Sie packte die Mistgabel am Griff, der Mann hielt sich weiter an dem Stock fest. Sie zog nach oben. Als sie sah, wie sich der Fuß mithob, rauschte alles über ihr zusammen – Ekel, Wut, das Gebrüll eines sterbenden Tiers, und sie zog mit einer Gewaltanstrengung die Gabel aus dem Fuß. Der Mann war ohne Schuhe in den Teich gegangen.

Den Regen nahm sie erst wieder wahr, als sie sah, wie er das herausgepumpte Blut wegwusch. Der Schubkarren kam, der Mann wurde draufgelegt, sie brachen zum Meierhof auf, wo er eine Kammer bewohnte. Catharina ging die Arznei holen. Als sie in den Meierhof kam, hatte man dem Mann die nassen Kleider bereits ausgezogen. Er lag mit einer Decke zugedeckt, das verletzte Bein bis übers Knie frei. Von den weit auseinanderstehenden Zinken der Mistgabel hatte sich eine mitten durch den Fuß gebohrt, die andere am Rand das Fleisch aufgerissen.

»Was geben Euer Gnaden ihm da?« fragte Wilhelm.

»Kraut und Samen vom Durchwachs in Wein gesotten, ist das beste für Stichwunden.«

»Wir haben immer Eichenblätter aufgelegt.«

Wer, wir? dachte Catharina. Sie faltete ein Leinentuch mehrmals zusammen und goß die dunkle Flüssigkeit darauf. Ehe sie den Lappen auf den Fußrücken legte, hielt sie einen Augenblick inne. Aus dem Krater, den die Zinke geschlagen hatte, kam noch immer Blut. Die Wunde war von einem Ring von zerfasertem Fleisch umkränzt. Das Blut zog rote Tränenspuren, die von Erd- und Schlammspritzern durchkreuzt waren. Es war alles falsch, was sie geschrieben hatte. *Auf das Heilige Jesus-Blut aus dem angenagelten rechten Fuß Jesu.* Sie hob den Fuß an der Ferse ein wenig hoch, die Haut war hart auf ihrer Hand. Auf der großen Zehe wuchsen ein paar Haare. Jede Zehe stand anders schief. Sie hatten sich nach den schweren Schuhen gerichtet. Die kleine Zehe war in einem Bogen zu den anderen gekrümmt. *Dies Blut macht allen Rost und Trägheit von mir scheiden.* Sie hatte den Seelenrost gemeint. Aber dieses Mißverständnis war noch das geringste Übel. *Preis-Erlaufungs-Geist. Die Fortgangs-Kräfte.* Lauter häßliche Drachen, die nichts aussagten. Sie hatte sich an Jesus und an ihrem Wörterwerk versündigt. Und an diesem durchbohrten Fuß mit dem Rost der Mistgabel im offenen Fleisch.

»Der heilig-verwundete Fuß«, flüsterte Catharina.

»Der heilig-verwundete Fuß wird ausbluten«, wiederholte Wilhelm laut. Catharina zuckte. Sie legte den Lappen mit der durchfeuchteten Seite nach unten auf den Rist des Mannes. Sie preßte ihn an den Seiten fest und band einen Streifen weißen Stoffs darum. Als sie sich aufrichtete, mußte sie ein paarmal niesen. Sie trug noch immer ihre durchnäßten Kleider.

Der Mann war um die dreißig, ein paar Jahre jünger

als sie. Ihr kam vor, die Bauern würden nur alle zehn Jahre älter. Das war einfacher so. Plötzlich öffnete sich eine merkwürdige Freude in ihr, die sie nicht gleich verstand. War es das klare, von oben geordnete Leben dieser Leute? Sie sah sich selbst als Übermittlerin von Befehlen, im nächsten Moment als Empfängerin von heiligen Botschaften. Mit einemmal waren in einer seltsamen Freiheit alle Standesgrenzen aufgehoben, aber nicht so, daß man Angst bekommen müßte, sondern als ob es auf höheren Beschluß hin geschah. Gutgeheißen würde von dem, der zuletzt auch mit schmutzigen Füßen dagelegen war.

Ds verflog so schnell, daß nur ein Nachgeschmack blieb. Sie hatte das Gefühl, ein Ekel hole sie ein, der die ganze Zeit hindurch schon hinter ihr hergewesen war. Sie mußte sich wehren. Ihr Blick wurde unruhig. Auf dem Bord über dem Bett stand ein kleiner Kalvarienberg. Der Gekreuzigte hing nur mit einer Hand am Kreuz; der Körper schwebte wie der eines Akrobaten im Flug von einem Seil aufs nächste. Daneben lag eine Rolle aus Papier, die wie ein Maßband aussah. Catharina nahm sie herunter und rollte sie vorsichtig auf. Es war ein schmaler, bedruckter Papierstreifen.

»Hilff uns, Schmerzhaffte Mutter, gegen die Dörrsucht. Hilff uns, Schmerzhaffte Mutter, gegen den Gelenkkrampff. Hilff uns, Schmerzhaffte Mutter, gegen den Durchgang. Hilff uns ... das hört ja nicht mehr auf!«

Der Verwundete klopfte mit der Hand auf die Decke.

»Das sind Heilige Längen«, sagte Wilhelm. »Zwanzigmal das Fußmaß Jesu. Euer Gnaden sollten damit nicht spaßen.«

Die Stimme des Mannes warf sich hin und her, ein Wägen, Umkehren. Vielleicht glaubte er sich wieder im Teich. Oder er wollte, daß sie gehe. Sie hatte seine Fürbitten entweiht. Er sah sie mit schweren Augen an, sein Blick war beladen mit dem Zorn der Schmerzen, mit dem Zorn der Katholischen, die nichts anderes erfaßten vom protestantischen Glauben, als daß er ihnen ihre Bildchen und Figuren wegnehmen wollte. Wer klebte solche Papierstreifen aneinander und behauptete, zu wissen, wie groß Jesu Füße waren?

Als sie die Kammer verließ, schaute sie noch einmal zurück. Der Mann lag, den Kopf, so weit er konnte, zur Seite gedreht, als warte auf der anderen Seite der Tod. Catharina hätte so gern etwas von ihrem entrückten Gefühl der Weite und Freude mitgenommen. Sie hatte in diesen paar Augenblicken ein anderes Leben betreten und es gleich darauf verloren. Jetzt fiel es ihr schwer, in dem Körper mit der dunklen Decke etwas anderes als einen Soldaten des Aberglaubens zu sehen.

Ach mein Ritter, mein Engel, dachte sie. Edelster Silvano, wie schön hat Er meine Unschuld verteidigt in Seiner Schrift. Sie stellte sich vor, wie Birken ihren Brief lesen würde, den sie ihm vor einer Woche geschrieben hatte. »Weil mich nichts auf der Welt als die einig innige Freundschaft tugendlicher Personen, sie seien, wes Standes sie wollen, wahrhaftig ergötzen kann. Sie seien, wes Standes sie wollen.« Dieser Nachsatz ließ sie nicht los. Was hatte sie damit sagen wollen, außer daß der bürgerliche Birken einen adeligen Geist hatte?

Sie gab Wilhelm noch ein paar Anordnungen, ihre Gedanken schoben, zogen, umkreisten sie, wollten weg von diesen Menschen. Sollte der Teich doch in die andere Richtung davonlaufen. Sie meinte, taub zu sein. Wilhelms Fragen waren so fern, als spreche er vom äußersten Rand des Planeten her zu ihr. Sie wollte so schnell wie möglich nachlesen, wie Birken sie genannt hatte in seiner Schrift an den Ödenburgischen Drach. Sie wollte wissen, wer sie war.

Im Haus wartete der Hund schon auf sie und sprang an ihr hoch. Sie nahm seine beiden Pfoten in die Hände und stellte ihn auf den Boden. Er ging sofort in Spielstellung, spreizte die Vorderbeine und sprang zur Seite, bellte und versperrte ihr den Weg die Treppe hoch.

»Ich hab jetzt keine Lust! Komm halt mit!«

Sie beeilte sich, endlich die nassen Kleider vom Leib zu ziehen, und wickelte sich in ein großes Leinentuch. Der Hund schleckte ihr die Zehen warm.

Hier stand es, in Birkens Handschrift: *Wer sollte nicht verliebt werden in einen Engel, mit dem er oft umgehet?* Birken erklärte dem Ödenburgischen Drach, wieso sich Hans-Rudolf in sie hatte verlieben müssen. Der einzige Schönheitsfehler war, daß Hans-Rudolf in diesem Satz, in dem Birken sie einen Engel nannte, mit enthalten war.

Catharina hüllte sich enger in ihr Tuch. Sie sah sich in eine Kutsche steigen in Nürnberg, den Kopf eintauchen ins Halbdunkel, kleines Schwanken auf dem schmalen Steigbrett, bei diesem Schritt aus der einen Welt in die andere. Das Wunderbare dieses Zimmers, in dem man reisen konnte. Hier traf man den fremden Körper, in diesen schwarzen Wänden, die dafür geschaffen schienen, alles Gesagte als Geheimnis zu bewahren. Ist das ein Traum? dachte sie: Wie er den Riegel an der Kutschentür noch mal prüft, damit ich ihm nicht verlorengehe. Wie er sich zurücklehnt, mich schräg mit bedeutungsvollem Blick ansieht – wie ein verliebter Fisch. Wie ich lachen muß über ihn und er mir eine Antwort lacht, langsam und tief und zufrieden über uns. Das sind nicht wir. Das sind unsere Geister. Sie haben uns so genau beobachtet, daß sie uns weiterspielen können, sobald wir unseren Traum verlassen. Sie haben gesehen, wie sein Fuß an meinen stößt und dort bleibt. Wie mein Finger über die Narbe in der Lederpolsterung streicht und dem Stoff seines Überrocks nahe kommt.

Catharina sah auf den Hund. Er hatte sich halb aufgesetzt, unschlüssig, ob er aufstehen sollte, und gähnte. Er schüttelte sich, schlug sich die Ohren um den Kopf. Tappte mit der Pfote über das Auge, wo ihn etwas fürchterlich jucken mußte, denn er fuhr immer wieder mit der Kralle ganz fein in den Augenwinkel. Sie nahm den Brief, den Birken ihr mit der Verteidigungsschrift geschickt hatte.

»Ihro Gnaden wollen nicht allein meine Innigst-Treue zur Magd, sondern auch meinen Schreib-Kiel zum Ritter annehmen: ach! angenehmster Befehl!« Ach! angenehmster Befehl! Diese Formulierung klang wie ihrem eigenen Stil abgehört. Aber dann fuhr er in einer altmodischen Rittersprache fort, und das verdarb ihr ein wenig die Freude. »Bin ich deiner Göttin Ritter: Himmel! gib daß ich mit Sieg meine Feder-Lanze und so weiter ob der Feind dann nicht bekennet aus betörtem Eigensinn, daß ich da-da-da: nehm ich doch das Kleinod hin, das sie mir hat zugesprochen, wann ich Ihre Schmach gerochen.«

Erst ab da durfte man wieder den lebendigen Birken spüren: »Dieses Kleinod ist, daß Ihro Gnaden versprechen, Sie wollen mich immer tiefer in dero Gnad-Freundschaft schließen.« Immer tiefer. In dero Gnad-Freundschaft schließen.

Was meinte er damit?

Catharina fühlte, wie eine Woge der Traurigkeit sich gegen sie stemmte. Es wäre besser, wir würden auf französisch miteinander verkehren, dachte sie. Die Wörter kommen mir vor, als erstickten sie unter Schminke und Puder. Etwas stimmt nicht mit ihnen. Hier in meinem Kopf ist alles klar. Kaum hat man es in die Sprache gestellt, in der man es herzeigen kann, stimmt es nicht mehr mit dem überein, was man fühlte. Auf dem Papier ist man plötzlich ein anderer geworden.

Sie zog sich an, schaute, während sie langsam ihr Kleid zuknöpfte, aus dem Westfenster. Unten lag ihr von Mauern umgebener Garten, wie eine Schürze dem Haus vorgebunden. Was alles verdanke ich dem Blick aus diesem Fenster? dachte sie. Fast alles über den Himmel habe ich gelernt, fast alles über Bäume, Vögel, Regen, die untergehende Sonne. Dort, wo sie untergeht, sitzt noch jemand eine Stunde länger im Licht. Alles über die Sehnsucht gelernt und die Geduld. Hier am Fenster, wenn ich nicht das Pferd drücke, mir nicht vorlüge, ich sei zu einer Reise aufgebrochen, rede ich mir ein, Reisen mache dumm. Woanders sei es auch langweilig, bloß in anderen Farben. Hier am Fenster lernt die Erzgefangene endlich Geduld. Erzwingt sie sich die Ruhe des Gemüts.

Ach, Ruhe des Gemüts. So hätte Margareta Buwinghausen den Titel von Joseph Hall übersetzen müssen. Um nichts anderes ging es ja. Oder gleich *Himmel auf Erden* wie im Original: *Heaven upon Earth.* Catharina nahm das Buch, das immer auf ihrem Nachttischchen lag. Sie hatte schon Wochen nicht darin gelesen. Sophie mußte die Messingspangen geschlossen haben, die nur aufgingen, wenn man fest auf das Buch drückte. Im Öhr der Spangen steckte das Messingknöpfchen. Sie drückte fester und versuchte, die Spange zu lösen. Als sie meinte, es geschafft zu haben, glitt sie ab. »O du Schwefel, Schwefel!« Der Daumennagel war gebrochen und stand wie eine Sichel weg. »Vergib mir, Jesus Christ«, murmelte Catharina.

Sie riß den Nagel ab und schlug das Buch auf. Sie starrte auf Margaretas Namen. Die »verengelte Menschinne« hatte der gute alte Stubenberg sie genannt. »Stubenberg«, sagte sie ungläubig. Heute war Stubenbergs Todestag. Der 15. März. Sein sechster Todestag. Sie hätte ihn genausogut vergessen können. Eine ihr wohlbekannte Reue kam zurück. In seinem Vergil, den er ihr geschenkt hatte, war eine Münze eingelegt gewesen. Sie hatte sie genommen und nie erwähnt. Nicht gefragt, nicht gedankt. Sie hatte sich eingeredet, er habe es selbst so gewollt.

Stubenberg war vierundvierzig gewesen, als er starb. Jetzt erschien ihr das viel jünger als vor sechs Jahren. In einem der letzten Gespräche hatten sie vom Wissen der Alten und vom Wissen der Jungen gesprochen. »Unser Wissen ist wie wir, so steif, so eigensinnig. Wir haben es auch in der Jugend erworben, und damals war es für die alten Leute wohl auch so etwas Löchriges, Unfertiges, Unernstes, schnell Zusammengeholtes.« Seit sie Stubenberg nicht mehr fragen konnte, ging sie zu Birken. Mit Stubenberg hatte man über alles reden können. Am meisten jedoch hatte sie seine Fähigkeit geliebt, die Schöpfung richtig zu verstehen, an einem Baum vor seinem Fenster alle Äste zu kennen, jede Einzelheit wahrzunehmen und nicht bloß durch die Welt zu tappen, wie sie selbst es manchmal tat.

In Gesellschaft hatte sie oft beobachtet, wie sein Interesse einem Menschen erst die Seele einhauchte, ihn lebendig werden ließ unter der Perücke. Sein Satz, »von guten Freunden ist einem alles angenehm zu hören, sogar die Träume«, übermittelte diese tröstende Botschaft, daß Menschen etwas Besonderes füreinander sein können. Was hätte er zu ihrem Traum von voriger Woche gesagt? *Der Nürnberger Himmel ist auf dem Landweg nicht erreichbar.*

Auch Stubenberg hatte sie einen Engel genannt. »Doppelt-schönes Kind, Engel unseres Donaustrandes.« Die Worte waren ihr so vertraut, daß sie sie gar nicht mehr als Ausdruck eines persönlichen Gefühls empfand. Sie hatte sie immer wieder im Scherz, im halben Ernst gebraucht, um sich selbst zu charakterisieren, sich entfernend von dem großen Lob. Catharina wollte nachlesen, was er über Margareta geschrieben hatte. Aber dazu mußte sie erst nachdenken, welches seiner Bücher das Gedicht enthielt. In den *Geschichts-Reden* fand sie, was sie suchte. Sie las, wie er Margareta als lobwürdige Nymphe anredete, las und versuchte, sich Stubenbergs Stimme vorzustellen, und kam zu einer Stelle, die sie nicht loslassen wollte. *Bist gar nicht vergnüget an jener Verlangen/ durch Blicke bloß unsere Körper zu fangen/ du willst auch durch Waffen und Stricke der Seelen/ die Seelen und Herzen bezwingen und stehlen.*

Durch Blicke bloß unsere Körper zu fangen. Sie hörte ein Einverständnis heraus. Die Beschriebene wußte, was er mit diesen Blicken meinte. Margareta und Stubenberg in einem Spiel der Wimpernschläge, des Hinauszögerns, bei dem man eine Sekunde länger, als die Konvention es erlaubt, in des anderen Augen verweilt. Das kannte sie doch. Und hatte Margaretas Name nicht in seinen Gesprächen aufgeglänzt wie ein fremdes schönes Garn, eine unerwartete Farbe in einem Bild? Dieses Nennen wie unter einem Zwang! Als wollte er sie öffentlich geheimhalten!

Und Margareta? Catharina wußte, daß Margareta ihm auch ein Widmungsgedicht geschrieben hatte. Als sie Stubenbergs Bücher durchblätterte, kam es ihr vor, in dieser Eile würden seine Verdienste klein. Von der Schrift schien die Bitte auszugehen, mehr Geduld zu zeigen. Sie solle diesen zweiten Tod aufhalten. Catharina hielt inne, den Finger im Buch. Ihre Anstrengungen waren gering gegen das, was Stubenberg geleistet hatte. Sie überlebte ihn bloß.

Ich will hinfort, noch eh' er ruft, ihm geben, was sein Herz begehrt./ Sein' Anschläg seien, weil er redt, schon wunscherfüllet und gewährt. O Margareta. Wie blind war sie gewesen! Wie fein hatten sie voneinander in ihren Gedichten gesprochen. In Gedichten, die jeder lesen konnte. Was für eine hauchdünne Maske waren diese Worte. Als hätten sie gewußt, daß der in die Sehnsucht Eingeweihte mühelos den Sinn verstehen würde.

Zuletzt waren sie alle beim Faschingsfest 1663 in Wien zusammengekommen. Stubenberg als Römer verkleidet in Toga und Sandalen. Seine stets eifersüchtige Juno war später überzeugt gewesen, daß er sich dabei die tödliche Lungenentzündung geholt hatte. Catharina erinnerte sich an eine Szene, der sie damals keine Bedeutung beigemessen hatte. Auf dem Kaiserlichen Reitplatz gastierte eine Truppe französischer Komödianten. Ein Theater war aufgestellt mit einer Bühne und Kabinetten, in denen jeweils drei Zuschauer Platz nehmen konnten. In letzter Minute überließ Windischgrätz seinem Freund Stubenberg das Kabinett. Sie standen alle vor der Tür, und es ging darum, die Begleitung für das Ehepaar Stubenberg auszusuchen. Es kam natürlich nur eine der beiden Damen in Betracht – Margareta oder Catharina. Stubenberg wollte verzichten, damit beide Damen ... Aber Stubenbergs Gattin faßte Catharina grob am Arm und zog sie hinein – weil das Spiel schon begann, hatte sie gedacht. Stubenberg war noch lange draußen geblieben.

Nach Stubenbergs Tod hatte sie auch von Margareta nichts mehr gehört. So nahe waren sie einander nicht gewesen, daß sie sich nach ihr erkundigt hätte. Margareta war eine jener Frauen, in deren Gesellschaft man sich aufgefordert fühlte, mehr aus sich zu machen. Das war anstrengend. Man ertappte sich dabei, wie man ihr Kleid zu oft ansah. Als müsse es ein Geheimnis preisgeben, eine Formel für die Proportionen von Ärmel und Rüschen oder den Punkt, bis zu dem man die Schultern freiließ, eine Formel, die man auf sich übertragen konnte. Ihre Schönheit hatte etwas Gesetzgebendes.

Der wirkliche Stubenbergengel war nicht Catharina gewesen, sondern Margareta. Es hatte geheißen, Margareta habe einen unehelichen Sohn. Wenn Margareta aber in irgendeiner Weise nicht vollkommen tugendhaft gewesen wäre, was hätte Stubenberg dann in ihrer Gesellschaft gesucht? Eine Sicherheit, die man nicht aus der Frömmigkeit gewann? Jenes andere, das auch den dunklen Mächten der Verzweiflung trotzte, aber so nahe dran war, selbst böse zu sein, eine Verirrung, eine Sünde? Stubenberg, ihr guter apfelwangiger Stubenberg, hatte sich von dem Sturm Margareta mitreißen lassen. Margareta war die Neuigkeit in seinem Leben gewesen. Catharina bekam auf einmal eine völlig andere Achtung für Stubenberg, der ihr immer so aufgehoben erschienen war auf seiner Schallaburg, in seiner Bibliothek, wo er seine schmalen Finger über die Kanten eines Bucheinbands wandern ließ, als wollte er dessen Gestalt erspüren. Sie, Catharina, war immer nur seine Schülerin geblieben, während die fast gleichaltrige Margareta ihr um ein Leben voraus war. Mit welcher Geduld mußte Stubenberg ihre Ahnungslosigkeit ertragen haben.

In Margareta hätte sie die belesene Freundin für Gespräche gefunden, die sie so vermißte. Eine Vertraute in Büchern. Und eine erfahrene Freundin. Catharina bemerkte, daß sie mit den Fingern an ihre Lippen klopfte, als wollte sie ein verschworenes Lächeln zurückhalten. Genauso schien Margareta ihr aus der Ferne zuzulächeln. Der Gedanke, daß sie irgendeine Weltklugheit, eine *niedere* Weisheit von Margareta nötig hätte, erschreckte sie.

Der Hund gähnte. Sie gähnte mit. Sie nahm die Puppe Erdmuthe und legte sich mit ihr aufs Bett. Birken hatte geschrieben, sein Katarrh sei schlimmer geworden. Katarrh, Katarrh, Katarrhina, dachte sie und lachte und erschrak über ihr einsames Lachen in diesem Zimmer.

Sie hielt die feste flache Hand der Puppe. Die Füllung aus zusammengepreßten Stoffstreifen gab ihr ein leichtes Gewicht, eine Persönlichkeit. Sie dachte an Hans-Rudolfs Hände – graue Blutschnüre, die grauen Nervenschnüren im Weg lagen. Sie schob ihren Rock hoch und die Wäsche hinunter. Sie streichelte sich mit der kleinen Puppenhand die Scham. Wertester Freund, dachte sie. Ich hoff', ich harr', ich wart' von ein' zum andern Nu. Wieder und wieder sagte sie sich die Worte vor.

※ ※ ※

Catharina bückte sich und hob mit zwei Fingern einen langen Brombeerzweig auf.

»Eine Schlange mit Dornen«, murmelte sie.

Sie versuchte, den Zweig auf dem Strauch festzuhaken. Er fiel wieder herunter. Die Brombeeren blühten mit schlampigen, zerknitterten Blüten.

»Ach, so ein Garten ist doch eine Glaubensschule«, sagte sie laut zu Wilhelm. »Überhaupt kommt dem Garten die entscheidende Rolle zu. Im Garten Eden wurde die erste Sünde begangen. Und im Garten auf dem Ölberg hat die Erlösung angefangen. Ich glaube, das Paradies wird auch wieder ein Garten sein.«

Wilhelm stellte den Korb vor die Lavendelrabatte. Catharina hockte sich hin und begann, die Zweige abzuschneiden.

»Neulich beim Kontrollieren der Kräuterkammer komme ich drauf, daß wir in den vergangenen zwei Jahren weder Melisse noch Salbei eingesammelt haben«, sagte sie. »Die letzten Kalmuswurzeln sind von '65. Wie das riecht ... blaue Blumen sind das Schönste. Der himmlische Augentrost. Der Rittersporn. Das Gurkenkraut und die Kornblumen. Der Ehrenpreis – lateinisch Veronica.«

Ist es nicht von Gott gefügt, hörte sie Birken sagen, daß mir in demselben Jahr, da mir meine liebste Mutter Veronika genommen ward, eine so treue Freundin geschenkt werden sollte?

Seine Mutter ist 1633 gestorben?

Am 12. April.

Und ich bin am 7. September geboren.

»Gott gibt den Menschen durch die Natur Fragen auf«, sagte sie zu Wilhelm gewandt. »Blumen sind Rätselspiele. Die Schachbrettblume zum Beispiel. Was sagt sie uns über den göttlichen Ratschluß?«

Wilhelm stand mit in die Hüften gestützten Armen und schaute auf Catharina hinunter.

»Daß wir nicht dem Glücksspiel verfallen sollen.«

»Ich meine vielmehr, daß sie auf Gott selbst verweist. Auf das Spiel der göttlichen Weisheit.«

»Euer Gnaden meinen, daß Gott ein Glücksspieler ist?«

»Ja! Warum nicht? Aber im besten Sinn des Wortes! Gott fügt alles Unglück zum Glück. Wenn er mit uns spielt, brauchen wir keine Angst zu haben.«

»In Westindien haben sie eine Blume entdeckt, die die Marterwerkzeuge Christi darstellen soll«, sagte Wilhelm.

»Die Passionsblume. Diese herrliche Jesusblume zeigt uns in ihrer Sichtbarkeit den Unsichtbaren.«

»Es fehlt nichts: die Geißelsäule, die fünf Wunden Christi in Form von purpurroten Tropfen, drei eisenfarbige Adern, das sind die drei Nägel, mit denen Christus ans Kreuz geschlagen wurde, über allem eine Dornenkrone. Und die sieben Blütenblätter sind die Sieben Schmerzen der Gottesmutter.«

»Nein, Wilhelm. Jedes der sieben Blätter bedeutet uns

ein Speereisen, weil sie genauso zugespitzt sind. Mit dem Speer wurde die Seite unseres Erlösers und zugleich für uns der Himmel eröffnet. Aber wozu brauchen wir das ferne Westindien? Schau dir die roten Johannisbeeren mit ihrer durchsichtigen Haut an. Sie sehen aus, als seien sie mit dem Blut Jesu gefüllt. Oder denk an die Kletterhortensie beim Westtürmchen. Die weißen Blütenteller – lauter Spitzendeckchen. Als sei eine Schar Engel zu Torte und Honigmilch eingeladen.«

»Das mag schon sein«, sagte Wilhelm.

»Das Sichtbare weiset unsichtbare Ding.«

»Wenn ich mir eine Frage erlauben darf … gilt das auch für die Wörter?«

»Warum fragst du?«

»In den Passionsbetrachtungen Christi, die ich gestern für Euer Gnaden abgeschrieben habe … in dem Abschnitt *Auf den hoch-heiligen Blut- und Wasserfluß aus der eröffneten Jesus-Seite* … dort heißt es, ich hoffe, ich verdrehe nichts: *Da seh ich deine Angst, da fühl ich deine Schmerzen/ die leidend du gehabt. Da stupfet mich der Stich/ den dir die Lanze gab; da küß ich inniglich/ das blutig-bloße Herz und wollt es gern verärzen. Ich hab so in Besitz dies Himmel-Herz genommen,/ Ich will auch nicht daraus noch tot noch lebend kommen.* Ich habe mir, verzeihen Euer Gnaden, vorgestellt, das gelte einem Herz mit einem Namen!«

Catharina hatte ein paar Lavendelblüten abgezupft und zwischen zwei Fingern zerrieben. Sie hielt sich die duftenden Körner an die Nase.

»Tut es ja auch. Es gilt Jesu Herz.«

»Die blutige Stelle schon. Aber das: *Ich hab so in Besitz dies Himmel-Herz genommen,/ Ich will auch nicht daraus noch tot noch lebend kommen?* Verzeihen noch mal, Euer Gnaden. Ich dachte mir, wie schön es sein müsse, wenn man so ein Gedicht liest und einen richtigen Schock des Erkennens bekommt.«

»Was du meinst, das wären Liebesgedichte – die werden nicht für jemand Bestimmten geschrieben!«

»Nein?«

»*Das Herz ist weit von dem, was eine Feder schreibt./ Wir dichten ein Gedicht, daß man die Zeit vertreibt./ In uns flammt keine Brunst, ob schon die Blätter brennen/ Von liebender Begier. Es ist ein bloßes Nennen.*«

»Es ist ein bloßes Nennen? Verzeihen Euer Gnaden, aber ein Resl, das man beim Namen nennt, will doch auch allein gemeint sein und nicht alle anderen Resln dabeihaben? Es soll also keinen geben, der weiß, daß er gemeint ist, wenn er diese Zeilen liest: *Liebe achtet nicht/ Müh, Gefahr, Verwirren! ... Kann sich doch verstecken/ und zu ihrem Freund/ kriechen in die Hecken/ wo ihr manche liebe Stunde/ Ihn zu küssen ist vergönnt?*«

»Du lernst meine Gedichte auswendig, wenn du sie abschreibst? Wer hat dir das erlaubt? Für wen machst du das?«

»Für wen? Für niemanden, Euer Gnaden! Ich merke mir das, weil es mir gefällt. Ich schreibe es ab und plötzlich denke ich: ›kriechen in die Hecken‹ ... da muß sich jemand erinnern, wie die Dame zu ihm gekrochen ist, wie sie sich, verzeihen Euer Gnaden, bücken mußte und er die Zweige des Geißblatts für sie hochgehalten hat, und dabei ist eine Blüte auf ihrem Haar hängengeblieben, und die duften doch so gut nach Vanille, und dann hat die Dame so gut nach Vanille geduftet ... das fällt ihm alles ein, während er das liest ... das gehört doch dazu, dieser nicht hingeschriebene Vanilleduft!«

Catharinas Füße waren eingeschlafen. Sie stand auf.

»Das ist unerhört dumm«, sagte sie. »Dein Vorgänger hat beim Abschreiben so viele Fehler gemacht, daß ich meine Betrachtungen nicht wiedererkannt habe. Und du beherrschst zwar die Schreibkunst, aber deine wirren Gedanken kannst du nicht im Zaum halten.«

Von der Weide hinter dem Kräutergarten blökten die Schafe.

»Es wäre Zeit, den Widder unter die Schafe zu lassen«, sagte Wilhelm. »Wir haben den 5. Juli.«

Seine Stimme war ruhig, als habe er sich wieder auf seine Aufgabe besonnen. Auf dem Weg zur Schafweide kamen sie an der Eiche vorbei. Catharina warf einen schrägen Blick hin. Nach ihrer Rückkehr aus Nürnberg Anfang Juni hatte sie entdeckt, daß jemand Kupfernägel in den Stamm getrieben hatte. Die Eiche sollte krank werden. Catharina sollte zusehen müssen, wie die jungen Blätter braun und brüchig wurden. Wie die Rinde austrocknete und sich löste, das Ungeziefer einlud, sich breitzumachen, bis da und dort ein Stück Rinde abfiel und der Baum bald wie ein geflecker Typhuskranker dastünde. Ihr selbst sollten auch die Haare ausgehen, die Nägel brüchig werden, die Haut schuppig. Sie sollte auch vor der Zeit alt werden, leise und heiser, stumm.

Der Nagel war auch ein Hinweis darauf, daß sie sich auf die Handwerker nicht mehr verlassen konnte. So ein Nagel kostete eine Menge Geld. Dafür mußte man mehr als den üblichen Lohn bekommen. Der Nagel sagte: »Die Räder des Wagens können locker werden, wenn ich es will.« Auf der nächsten Fahrt zum Schiff in Grein wird der Wagen ins Schlingern geraten. Der Kutscher ist gewarnt und rettet sich im günstigen Augenblick, während das schwere Gefährt den Hügel hinabdonnert wie ein Betrunkener, immer schneller, immer schräger, drinnen schlägt die gottlose protestantische Herrschaft sich schon Handgelenke, Schienbeine und Schläfen wund, hin und her, hinaus können sie nicht, bis der letzte große Stoß kommt und die Kutsche mit gebrochener Deichsel, mit aufgeschlitztem Bauch im Feldrain steckt.

Der katholische Gauner Riesenfels, der Seisenegg ganz in seinen Besitz bringen wollte, hatte Hans-Rudolf, kaum waren sie aus Nürnberg zurück, einen neuerlichen Vorschlag unterbreitet, der ihn zum Alleinabnehmer des Kupfers im Steyrischen machte. Hans-Rudolf wußte nicht, was er davon halten sollte. Die Abnahme war gesichert, aber konnte der Hals- und Ehrabschneider damit nicht auch den Preis bestimmen?

Faß dir, mein Herz, ein Herz, und löwenmütig steh im Unglücksmittelpunkt, dachte Catharina, während sie neben Wilhelm zur Weide marschierte. Der Hafer war kurz vor dem Schnitt, höchstens zwei Wochen noch. Als die Schafe sie sahen, kamen sie herbei, Wolle an Wolle.

»Schäfereien, Brauhäuser und Teich machen die böhmischen Herren reich«, sagte Wilhelm. Er legte dem vordersten Schaf die Hand auf die Stirn. Das Tier stieß gegen seine Hand.

»Euer Gnaden, warum lesen die Leute so gerne Schäferromane? Warum gerade Schäfer? Warum nicht Gelehrte? Oder Doktoren?«

»Diese Schäferromane sind höchst gefährlich, ein unnützer Zeitvertreib. Sie wecken falsche Sehnsüchte, besonders in den Herzen der Damen. Man träumt sich in diese Personen hinein. Man glaubt, man sei selbst eine Astrée und müsse einen Celadon finden, der einen ewigtreu liebt. Man wird unzufrieden, wenn man nicht so angebetet wird wie in den Romanen. Es sind Trugbilder, die mit dem wirklichen Leben nichts zu tun haben. Der einzige Schäfer, der einen nicht täuscht, ist der gute Hirte.«

»In Ungarn haben wir Schäferspiele veranstaltet. Meine Schäferin hieß Dorinda. Aber was meine Dorinda nicht wußte, war, daß ich tatsächlich einmal als Schäfer gearbeitet hatte. Ich wollte es ihr nicht verraten. Schäfer haben keinen guten Ruf. Sie ziehen umher. Sie gelten als fahrendes Volk.«

»Wie der da«, sagte Catharina und deutete auf die Anhöhe jenseits der Weide und des Teichs. Dort stand der Zeichner mit seiner Staffelei, der seit einiger Zeit in der Umgebung unterwegs war. Der Leutzmannsdorfer hatte Hans-Rudolf geraten, ihm keinen Auftrag zu erteilen. Bei seinem Schloß hatte dieser Georg Matthäus Vischer den Ötscher im Osten statt im Westen eingezeichnet, aus der Ybbs hatte er die Erlauf gemacht.

Eine Traurigkeit ließ sich langsam in Catharina nieder. Sie versuchte, ihrem Unbehagen auf die Spur zu kommen. Es gab genug Gründe – die ungeklärten Anschläge, der Ödenburgische Drach, dieser Riesenfels jetzt, der immer dreister wurde ... Vielleicht hatte es mit Wilhelm zu tun. Mit diesem Mißtrauen, das sie nicht ablegen durfte. Ihre Zunge wollte immer mit ihr durchgehen. Sie hätte am liebsten darauf losgeredet, über den Zeichner zum Beispiel, über ihre Angst, er könnte auch Seisenegg in seiner Eile falsch abbilden. Dann müßte sie verlangen, daß er seine Fehler noch hier korrigiere, ehe der Kupferstecher mit der Arbeit beginne. Hans-Rudolf würde diese Auseinandersetzung scheuen und sagen, es sei nicht so schlimm.

»Das sind oft rechte Erz-Schurken«, sagte sie. »Sie kommen und zeigen einem die Zeichnungen der anderen Schlösser. Natürlich sagt man dann nicht nein.«

»Ich möchte, aller-erz-untertänigst, etwas zu bedenken geben. Euer Gnaden sollten vielleicht, wenn ich mir den Einwand erlauben darf, ein bißchen sparsamer umgehen mit Euer Gnaden ›Erz‹.«

»Wovon redest du?«

»Verzeihen Euer Gnaden, in dem Text, den ich während Euer Gnaden Aufenthalt in Nürnberg abgeschrieben habe, kommt vor: das Erz-Sein, die Erz-

Gelassenheit, die Erz-Zuversicht, die Erz-Klarheit, die Erz-Bewegung, und die Erz-Selb-Selbstige Ur-Ur-Weisheit ...«

Catharina blieb stehen. Sie schaute Wilhelm in die Augen, was für lange Wimpern. So weit ist es gekommen, dachte sie. Ich muß mir von meinem Schafskopf von Schreiber stilistische Ratschläge geben lassen. Weil sonst niemand hier ist! Warum ist Birken nicht hier! Warum enthält er sich so! Wertester Freund, dachte sie. Er ist ein Mann, Er kann ohne besondere Vorkehrungen reisen. Er muß sich nur dazu bequemen, die Treppe hinunter, zur Kutsche, zum Schiff. Wo sind Seine Courage und Seine Neugier? Er ist doch ein Dichter!

Sie drehte sich weg von Wilhelms abwartendem Gesicht, weg von Birkens Kleinmut, in die sie durch Wilhelms Gesicht gestarrt hatte.

»Was für Schäferspiele waren das in Ungarn?« fragte sie, als sei nichts geschehen, kein frecher Ratschlag, kein peinliches Schweigen.

»Mein seliger Herr und seine Gemahlin luden die ehrwürdige Nachbarschaft ein, und alle brachten ihre Erzieher mit. Auch die Zofen verkleideten sich und bekamen Namen. Meiner war Corydon. Wir suchten uns einen Tugendspruch aus und dachten darüber nach. Dann sagte jeder seine Meinung dazu in möglichst wohlgesetzten Worten. Meine Dorinda verstand es zwar, mit ihren kleinen Füßen zu wippen, aber das Metrum traf sie nicht.«

»Wie in meiner *Tugend-Übung lustwählender Schäferinnen*«, entfuhr es Catharina.

»Lustwählende Schäferinnen?«

»Die wählen auch die Gesprächslust und durchstreifen dabei verschiedene Gebiete – die Gotteserfahrung, das Heldentum, die Liebe. Jede der sieben Schäferinnen erklärt ihre Ansicht mit einem Sinnbild, einem Sinnspruch und einem Sonett. Solche Spiele, sofern sie Gott nicht ausschließen, sind höchst empfehlenswert.«

»Eine gute Konversation ist die halbe Verdauung, verzeihen Euer Gnaden. Der Mensch ist von Natur aus gesellig. Die Einsamkeit des Gemüts ist wie eine stillstehende Lache, deren Wasser grün wird und stinkend. Wir haben alle möglichen Spiele in Ungarn gespielt. Wir hatten sogar einmal ein Pferdeballett.«

»Tatsächlich.«

»Ich habe eine Überraschung für Euer Gnaden«, sagte Wilhelm. »Aber es ist noch nicht fertig!«

Er hatte die Heimlichtuerei und den Eifer eines Jungen im Gesicht. Catharina trug ihm auf, den Lavendel zum Trocknen auf den westlichen Dachboden zu bringen. Einen Zweig nahm sie in ihr Arbeitszimmer mit. Im Vorraum lagen die Elchsschaufeln, aus denen sie ein Lüsterweibchen machen lassen wollte. In der Eingangshalle des Nürnberger Rathauses hatte Birken ihr solch einen Leuchter gezeigt. Da hatte sie gewußt, warum sie das Elchsgeweih nicht einfach aufgehängt hatte, das seit drei Jahren herumlag. Das mächtige Tier war in Grein aufgetaucht, aus dem Böhmischen heruntergewandert. »Dann ist er ein böhmischer Exulant wie ich«, hatte Birken gesagt. Zwischen den beiden Schaufeln mußte eine Fischjungfrau befestigt werden, die die Kerzen in den Händen hielt. Wer das anfertigen sollte, konnte sie sich noch nicht vorstellen. Die Schaufeln würden wie zwei Adler-Schwingen schlagen. Man würde das Gefühl haben, eine leuchtende Kraft teile die Finsternis.

Catharina suchte die Mappe mit den *Tugend-Übungen lustwählender Schäferinnen,* packte sie mit Papier, Tinte und Schreibzeug in ihre Ledertasche und stieg leise die Treppe hinunter. Sie hängte sich die Tasche über den Rücken. Im Pferdestall war es ruhig. Die Tiere standen gefüttert, wie von guten Geistern besprochen in ihren Kojen.

»Silvano«, sagte Catharina, »laß uns ausreiten. An die Ybbs. Fort.« Der Hengst hob den Kopf und schaute mit verdrehten Augen zu Catharina hin.

Sie ritten die Straße den Seiseneggerbach entlang, durch den Schatten, den der Fels mit hochgezogenen Schultern warf. Ein Heuwagen kam ihnen entgegen, die Pferde begrüßten einander verächtlich. Der Bauer hob sein Hinterteil eine Grußbreit vom Sitz. Die Straße stieg noch einmal an, ehe sie sich ins Ybbsfeld hinaus weitete. Catharina drückte die Fersen in die Flanken des Hengstes. Sie saß wie ein Mann im Sattel, im Damensitz wurde ihr Nacken steif, konnte sie nicht hetzen. Sie ließ Silvano wieder traben, der Wind spielte mit den Köpfen des Hafers, einmal hierhin, einmal dorthin.

Das Leutzmannsdorfsche Schloß lag prächtig in der Sonne. Catharina trieb Silvano an. Hier konnte er im Galopp den Weg hinter sich schlagen. Vor der Allee bog sie links ab und machte einen großen Bogen um das Schloß. Dora war an die Noten interessanter Violinsonaten des jungen Biber gekommen. »Der junge Biber.« Dora hatte das so funkelnd gesagt. Diese Dornenkrönungssonate. Erz-äußerste Grausamkeit. Die Dornenkrone wird auf das Haupt gedrückt. »Die Musik zwingt dich, selbst diese Marter durchzuführen. Der Bogen ritzt mit jeder Note die Haut Christi.« Und noch schlimmer der Krönungstanz, eine Gigue. »Ich werde keine Gigue mehr tanzen können, ohne daran zu denken, wie der geschändete Christus mit schmerzendem, blutströmendem Haupt seine Füße zum Takt schwingt.«

Um zu ihrem Lieblingsplatz an der Ybbs zu gelangen, mußte sie einem zugewachsenen Pfad folgen. Heere von Schachtelhalmen, einer in den anderen greifend.

Catharina duckte sich, um herunterhängenden Zweigen auszuweichen. Sie stieg ab und führte Silvano. Er empfand das als eine Zumutung. Seine Nüstern blähten sich.

»Gleich. Gleich. Liebe achtet nicht Müh, Gefahr, Verwirren. Kann sich doch verstecken und zu ihrem Freund, gib acht, so ist's brav, kriechen in die Hecken.«

Sie stiegen über die Wurzeln der großen Bäume hinweg. Catharina liebte das elegante Zögern des Hengstes, wie er den Huf streckte und ihm einen Gedanken vorauszuschicken schien.

»Steh!«

Catharina schaute ins grüne Dach der Bäume. Die Sonne flackerte auf den zitternden Blättern. Die Au war hier völlig verwildert. Nichts zu hören, nur das Atmen des Pferdes und ihr eigenes Verschnaufen. »Der junge Biber.« Sie war einen Augenblick neidisch gewesen. Dora, letzte der lustwählenden Schäferinnen, seit sie alle, eine nach der anderen, ins Protestantische gezogen waren. Die Gesellschaft der Ister-Nymphen bestand nur noch aus ihnen beiden. Zwei Frauen, die neben ihren Männern alt wurden. Man mußte achtgeben. Man durfte nicht so nach dem Hals der anderen schielen.

Silvano scharrte ungeduldig.

»Was weißt denn du, was vor zehn Jahren war.«

Catharinas Lieblingsplatz an der Ybbs war seltsam karg. Wie die Rückseite eines in Erfüllung gegangenen Wunsches. Sie stellte sich vor, sie treibe auf einem Boot die Ybbs hinunter und erblicke diesen Platz. Gerade genug Wiese, um ein Pferd ein paar Stunden zu beschäftigen. Ein Halbrund von Buchen. Der Abgang zum Fluß war hier noch unbequem. Ein paar Meter weiter im Offenen konnte man mit dem Pferd ohne Schwierigkeit ans Wasser gelangen.

Catharina band Silvano an einen Baum, breitete die Satteldecke aus, schnürte ihre Schuhe auf. Der Tag stock-

te in der Hitze. Die Erde war hart. Sie hatte die Arme
im Nacken gekreuzt. Irgendwann juckte sie etwas auf
ihrem Fußgelenk. Sie richtete sich langsam auf und sah
eine Mücke da sitzen, die sich die Fühler rieb. Catharina
verjagte sie und legte sich wieder zurück. Der Himmel
flimmerte jenseits der Blätter wie ein verheißenes Land.
*»Die schönste Kunst im Schreiben ist/ unvermerkt der
Erd den Himmel einverleiben«*, sagte sie. Sie dachte
wieder an den Zeichner, diesen Vischer. Sie hätte freilich gern einen ordentlichen Kupferstich von Seisenegg
gehabt. Zwischen Nordturm und Südturm den Namen
des Schlosses in der Luft, auf ein Band gemalt und zwischen die Türme gespannt. Ein großes Fest. Ach, die
Zeit der Feste war vorüber. Ein Tagpfauenauge ließ sich
auf ihrem Knie nieder. Es klappte die Flügel auf und
zu. Der breite rostbraune Strich, der die blaue Zeichnung zur Seite zu schieben schien, kam Catharina wie
eine schlecht verheilte Wunde vor – Rost von Blut,
Farbstaub, der verletzt worden war. So sehen Schmetterlinge aus, wenn sie einen Unfall gehabt haben. Das
ist ihr schmerzensreiches Geheimnis.

Sie versuchte, am andern Ufer die Cornelbäume ausfindig zu machen. Im Frühjahr blühten sie als erste. Jetzt
war ihr Grün nur eines von vielen, nicht unterscheidbar. Wenn einer von einem tollwütigen Hund gebissen
worden sei und sich unter einen Cornelbaum setze,
schlage die Krankheit bei ihm aus, hatte Wilhelm neulich behauptet. Man durfte nicht alles glauben. Aber
unterhaltsam war es doch gewesen, dieses Spiel weiterzuspinnen. Und was passiert, wenn man unter einem
Nußbaum schläft? Man bekommt Kopfschmerz. Bloß
Hans-Rudolf durfte bei solchen Gesprächen nicht anwesend sein.

Die Ungenauigkeit, mit der Hans-Rudolf Blumen
betrachtete. Die Grobheit der Wahrnehmung, wenn er

sagte, »die roten Rosen an der Südmauer«. Dort gab es nur leibfarbene. Oder er wußte einfach nicht die richtigen Wörter für die Farben. Wie sie draufgekommen war, daß er meinte, Purpur sei Rot. Und das setzte sich fort: Weiße Johannisbeeren und Klosterbeeren waren ihm eins, wenn er nicht seine Mundartausdrücke dafür verwenden durfte. Neumark hatte in seinem *Neusprossenden Teutschen Palmbaum* die Klosterbeeren »Stachelbeeren« genannt. Gar nicht dumm.

Mit Hans-Rudolf war keine anspruchsvolle Unterhaltung zu machen. Kein Gesprächsspiel, es sei denn, sie spielten das Sprachverwirrspiel wie im Mai in Nürnberg. Birken und Hans-Rudolf hatten einander Ausdrücke zugebellt, die der andere erraten mußte:

»Gschloaf.«

»Ge-schleife?« fragte Birken vorsichtig.

»Gschloaf ist ein Fuchsbau.«

»Nicht nur«, sagte Catharina. »Es kann auch ein Dachsbau sein. Unser Freund, der wohledle Herr von Hohberg, erzählte uns von einem Herrn in Linz, dessen Hund im Dachsbau steckenblieb, wo er jämmerlich winselte. Darauf kroch ihm der Herr selbst nach und blieb genauso stecken. Als seine Leute ihn hörten, packten sie ihn bei den Füßen und zogen an, und es kam der Herr heraus, der den Hund an den Hinterbeinen hielt, und der Hund hatte sich ins Genick des Dachses verbissen.«

»Fangen wir noch einmal an«, sagte Hans-Rudolf. »Das war nur die Probe. Ödeis.«

»Öd-eis?«

»Stinken wie ein Ö-deis, heißt es bei uns«, sagte Hans-Rudolf.

»Iltis?«

»Genau.«

»Maucken«, sagte Birken.

»Maucken sind Fußgeschwülste beim Pferd.«
»Was? Bei uns in Nürnberg sind das die Körbe, die die Bauersfrauen am Arm tragen.«
»Interessant. Simandl.«
»Kenn ich. Kommt bei Hans Sachs vor. *Mein Weib aber die heißt Sieman.* Fitschelfätscheln.«
»Fitschelfätscheln. Ich kenne nur Fitscherl. Meine Catharina war ein Fitscherl, was, Catherl?«
»Verzeihen Euer Gnaden«, sagte Birken. »Fitschelfätscheln heißt soviel wie plaudern, hin- und herreden –«
»Also wie in einem Frauenzimmer-Gesprächsspiel?«
»Beinahe. Beinahe.«
»Unterbrich uns nicht, Catherl. Weiter geht's. Denkawitzl!«
»Denka-witzl.«
»Ich bin ein Denkawitzl!« lachte Hans-Rudolf.
Catharina hatte gemeint, Birkens Gedanken zu lesen. Einer mit einem kleinen Verstand.
»Ein Denkawitzl ist ein Linkshänder«, sagte Hans-Rudolf. »Ich hab immer nur mit der linken Hand schreiben können.«
»Aber ja! Denkisch! Er hat seinen Hut denkisch auf, sagt man. Gut. Jetzt das: Schellenbueb.«
»Schellenbueb! Ich kenn nur einen Bescheller, das ist der Hengst, der eine Stute beschellt!«
»Um des Himmels willen. In Nürnberg ist ein Beschellbueb ein junger Mensch, der zu einer öffentlichen Arbeit verdammt ist –«
»Na, das ist ja gar nicht so weit weg von dem, was ich gesagt hab. Kennt Er übrigens Schöler?«
»Schöler? Wie Schölen? *O der guldene Reichsapfel, was für ein bitterherbe Schölen er hat?*«
»Gut. Herschapetsche!«

»Hagebutte.«

»Boarische Krapfn!«

»Du bist doch gar nicht dran, Hans-Rudolf!«

»Ruhig, Catherl. Also?«

»Boarische Krapfn sind bayrische Krapfen – «

»Nein-nein-nein. Das genügt nicht. Boarische Krapfn heißt bei uns das Treibeis, das die Donau herunterkommt, hä!«

»Ist das wahr?« fragte Birken zu Catharina gewandt.

»Sicher«, sagte Hans-Rudolf.

Birken wartete Catharinas Antwort nicht ab. »Brau's Bierla!« sagte er.

»Was?«

»Du brau's Bierla! Du kleines braunes Bier! Das Bamberger Rauchbier!«

Das wollte Hans-Rudolf dann gleich versuchen. Catharina verlangte, daß Birken sein Sonett *Auf Ihro Gnaden, Freyin von Greiffenberg Wasser-Trinken* aufsage, das er 1964 geschrieben hatte. Birken mußte einige Zeilen auslassen, an die er sich nicht mehr erinnerte. Bei der vorletzten Zeile, »doch indem Uranie Weisheit-Wasser in sich gießet«, holte er zu weit aus und boxte Hans-Rudolf an die Schulter.

»Wildber!« rief Hans-Rudolf.

»Verzeihen Euer Gnaden. Und was ist eine Wildnerin? Eine, die – «

» – herumwildert.«

» – mit Wild handelt auf dem Markt. Kann eine Bauersfrau sein. Bauernmadla, wasch di, kämm di, putz di.«

»Das muß ich mir merken!«

Birken warf Catharina einen schuldbewußten Blick zu.

»Würde Er auch dem Herrn Morhof zustimmen«, fragte Catharina, »der die Meinung geäußert haben soll, die Bayern, Tiroler und Österreicher hätten keine sonderliche Art im Poetisieren? Ihre Sprache und Mundart sei unfreundlich, deshalben die Dichterei fremd und unlieblich?«

»Der werte Herr Daniel Georg Morhof ist, mit Verlaub, einer, der gern mit Stichwörtern seine mangelnde Bildung wettmachen will. Ein Wesperich.«

Catharina lachte laut auf.

»Hätten Euer Gnaden Lust zu einer kleinen Spazierfahrt? Die Kirschen sind prächtig. Kirschen rot, Spargel tot, sagt man in Nürnberg.«

So fuhren sie an diesem 17. Mai um die Stadt spazieren. Halb Nürnberg war unterwegs. Sie hatten ihre gemeinsame Freundin, die Poppin, mitgenommen. Die Poppin kränkte sich, wenn Catharina sie nicht mit ihrem Nymphennamen »Isis« anredete. Im Nachdenken war sie für Catharina immer die Poppin. Aber Catharina selber mochte das leichte Beben ja auch nicht missen, das sich einstellte, wenn Birken, ihr Silvano, sie »teuerste Uranie« nannte. In diesem Dreieck hatte Hans-Rudolf nun wirklich keinen Platz.

Als Silvano und seine Uranie eine halbe Stunde allein sprechen konnten, war der laute Frohsinn des Sprachverwirrspiels verschwunden. Birkens Melancholie, seine Trübsinnigkeit, unter der er das ganze Frühjahr gelitten hatte, zeigte sich Catharina in einem Zug um den Mund, den sie aus vielen anderen Gesichtern kannte, an ihm aber nie gesehen hatte. Durch die Resignation wurde er all den anderen Verdrossenen ähnlich. Das tat weh.

Es begann damit, daß sie auf Eigenschaftswörter zu sprechen kamen. Birken fand Composita besonders schön. Catharina lachte noch über seinen Ausdruck »Zwider-Worte«.

»Also kann man sagen: der dreibeleibte Mann.«

»Harsdörffer sagt: der Bauch ist der Teutschen abscheulichster Götz«, zitierte Catharina. Er schaute auf seinen Bauch und fuhr ernst fort:
»Noch schöner aber klingen sie, wenn zwei Gegenwörter zusammentreten: das eisenweiche Herz.«
Dann bedankte er sich für die zwei Sonette, die sie ihm geschickt hatte, »eil-fliegend abends« am 15. Mai, nachdem er so einen kläglichen Besucher abgegeben hatte. Er konnte nicht wissen, daß eines der beiden Sonette auf Hans-Rudolfs Heiratsantrag vor zehn Jahren gemünzt war. *Trost der Hoffnung, in äußerster Widerwärtigkeit.* Zehn Jahre war das her. Nicht bloß zehn Jahre, sondern zehnmal in neues Unglück gegangen, jedes Jahr auf seine Art.
»Morgen ist mein Hochzeitstag«, sagte Birken. »Aber, teuerste Uranie, ich habe nichts als Zank und Streit im Haus. Könnten Euer Gnaden mein Tagebuch sehen, Ihr würdet an jedem Tag die Eintragung *uxoris rixae* finden. Meine Frau versteht kein Latein. Sie weiß nicht, daß hinter diesen zwei Wörtern meine verunglückte Ehe versteckt ist. Sollte ich je wieder in meinem Tagebuch lesen, müßte ich über mein unglückliches Leben erschrecken und mir wünschen, es gehörte nicht zu mir.«
Sein Gesicht verbarg nichts. Sie ahnte, daß er sie an einer geheimen Stelle berührte, an der ihr Wesen sich zu verdichten schien. Er zwang sie mit seinem Geständnis, sich ihn vorzustellen. Er schenkte ihr ein Bild, über dem sie meditieren konnte.
»Sie schilt die Magd, wenn sie meine Schreibkammer einheizt. Sie schnippt ein Insekt, das auf ihrem Kleid sitzt, partout auf mein Knie. Sie läßt meine Wäsche auf dem Ofen liegen, bis sie raucht. Sie geht mit greulichem Gezänk ins Bett. Dieses Streiten am Abend – das ist das Schlimmste.«

Er klang müde und erschöpft, als habe er wenig geschlafen und den ganzen Tag geschrieben. Catharina spürte die Versuchung, seine verletzten Jahre wiedergutzumachen. Bei ihr würde Birkens schwere Stimme mit Wohlwollen aufgenommen werden. Was vereinte ihn denn mit dieser Frau außer der Adresse, dem Nebeneinanderknien beim Gottesdienst? In jedem Zimmer schien der Streit zu nisten wie ein Schimmelpilz in feuchten Mauerecken. Haushalt, Geld, die Bediensteten – alles Dinge, über die man sich einigen muß. Aber es wäre ja immer noch alles andere da, was zwischen Birken und seiner Frau völlig fehlte, das Gespräch über Literatur, »die Fehler der Verse beschauen«, wunderbare Verbindung zur Andacht. Von Lehnstuhl zu Lehnstuhl Gleichnisse bereden. Ob man sagen kann, »die Wiesen lachen, der Himmel weinet«.

Catharina faßte sich an den Kopf. Ihre Stirn war heiß. *Stünde es bei mir, daß ich Ihm mit meinem Leben Seine Vergnügung erwerben könnte, ich wollte mich nicht bedenken hierüber.* Sie hatte ihn beschworen, nicht zu verzweifeln.

Sie setzte sich auf, nahm einen Grashalm, knickte ihn, fuhr sich mit der scharfen Kante vorsichtig um Augen und Nase, die Mundwinkel hinunter, das Kinn entlang. Dieses Streiten am Abend. Das ist das Schlimmste. *Die süße Ruh soll mir das liebste sein, mein tapfers Herz soll nichts als Ruh und Freiheit spüren.* Das hatte sie in den *Tugendübungen* geschrieben. Frommer Wunsch der Sechsundzwanzigjährigen, die sie damals war. Wie alt das klang. Als wäre mit diesem Heiratsantrag ihr Leben abgeschlossen gewesen. Es ist unrichtig, wenn man sagt: Das Ärgste ist vorbei. Manchmal bleibt gerade das Ärgste.

Das Pferd warf ihr einen Blick zu. Keine Frage in dem schwarzen Auge. Catharina betrachtete die Bruchstelle des Grashalms, leicht abgeschrägt, ein paar feine Fasern standen weg. Sie griff in ihren Ausschnitt, hob ihre linke Brust ein wenig hoch, stach mit dem Halm auf das nachgiebige weiße Fleisch. Sie schloß die Augen und ließ ihre Hand mit dem Halm den Weg suchen. *Bleib, weil es Abend wird, bei mir. Du regest nicht allein, du stillst auch die Begier.* Sie sprang auf.

»Silvano! Laß uns per Späß' durch die Ybbs gehen!«

Sie legte dem Hengst die Hand auf den Rücken. Er schwitzte nicht mehr. Sie zog ihr Kleid hoch und rollte den Stoff zu einer dicken Schlange, die sie mit dem Gürtel an der Taille festband. Ein Stück weiter vorn konnte man ohne Mühe zum Wasser gelangen. Silvano folgte ihr und begann gleich zu trinken. Catharina streckte die Zehen ins Wasser.

»Nicht so viel saufen! Wenn du Husten bekommst, mußt du Roßkastanien essen. Türkische! *Soll ich den Tiber-Fluß, viel Angst, auch übersetzen: will ich mein Pferd, das Herz, ganz freudig treiben an.*«

Sie trat wie in weiches Glas. An der rechten Seite ihrer Knöchel teilte sich das Wasser. Es lief um sie herum und davon. Es beeilte sich, in die Donau zu kommen. Aber dort floß es in die falsche Richtung.

»Regensburg, nicht Ödenburg!« sagte Catharina. Eine bestimmte Art Sehnsucht donauaufwärts. Wo sie das Abendmahl empfangen konnte. *Die doppelte Kehlsüßigkeit in beiderlei Gestalt. Wo Gott einen menschlichen Leib in ihr annahm. Weil Unsichtbars kann unsäglich Lust erwecken.* Ihre Sätze über das Abendmahl, all die Jahre über geschrieben, versammelten sich wie auf Befehl. Als fänden sich Verwandte am Sterbebett ein. Catharina spürte, wie ihre Füße von der Kälte gestochen wurden. Silvano schlug den Kopf von einer Seite zur andern.

»Du dummes Vieh mit deinem geschnitzten Kopf!

Alles will in Bewegung sein. Das Meerwasser läuft an den Strand und zurück, weil es eine Seele hat, die es beliebig bewegt. Die Erde bebte, als Christus starb. Auch Gott selbst kann sich nicht behalten, wie soll ich es dann?«

Eine Schwalbe flog in Schlingen über ihr. Die Unterseite der Flügel war wie mit weißer Seide gefüttert. Gute Arbeit, dachte Catharina. Alles, was einem in die Augen kommt, soll eine Anleitung zum Lobe Gottes sein. Wie sie steigt und fällt beim Fliegen, wie sie sich dem Spiel, das Gott mit ihr treibt, hingibt. *Ihn lass ich mich, nach Verlangen, schwingen, werfen, wieder fangen!* Schwingen, werfen, wieder fangen! Was ist mit meinem Gotteslob, dachte sie. Die Lobbegierde löscht das Gift der Sünden. Mein Herz, Sinne, Gedanken, Verstand. Gedächtnis, Wille. Begierden, Anmutungen, Verlangen, Einbildungen, Bewegungen, Neigungen. Kräfte, Odem, Stimme. Seufzer. Blutstropfen. Pulsschläge, Fleisch und Blut, Mark und Bein, Lunge und Leber. Alles Inwendige, alle Adern und Nerven, mit ihren Flechsen und Gelenken, alle Spindeln und Glieder in ihren Reg- und Bewegungen, kurz, alles, was in und an mir ist – – –. Sie schnappte nach Luft. Ihre Füße waren eiskalt geworden.

»Alles was in und an mir ist, lobe den Herrn«, sagte sie rasch und kehrte ans Ufer zurück.

Silvano erwartete sie.

»Was ist mir kalt, Silvano. Eiskalt. Weißt du, was er zu Weihnachten von seiner Frau bekommen hat? Von der Magd hat sie ihm sechs Unterhemden und sechs Paar Strümpfe nähen lassen, aus dem Flachs, den ich ihm vor drei Jahren geschenkt habe. Den Weberlohn hat er selbst zahlen müssen. Soll einem der Mann leid tun, Silvano?«

Während sie ihre Füße trocknete und warmrieb, redete sie weiter mit dem Pferd.

»Dieses Unglückstagebuch. Aber wie sagt der teuerste Silvano: *Das Herz ist weit von dem, was eine Feder schreibt./ Wir dichten ein Gedicht, daß man die Zeit vertreibt./ In uns flammt keine Brunst, ob schon die Blätter brennen/ von liebender Begier. Es ist ein bloßes Nennen.* Etwas daran gefällt mir nicht, Silvano. Der dumme Wilhelm hat vielleicht nicht so unrecht. Was sollen die Wörter, wenn niemand drin lebt?«

»Wenn niemand drin lebt?« wiederholte sie. »Das Sichtbare weiset unsichtbare Ding. So muß es heißen, teuerster Silvano. Nicht: es ist ein bloßes Nennen. Auch die Wörter haben ein geheimes Leben. Sollen wir sie um dieses geheime Leben betrügen? Ist es nicht aufregender, damit zu spielen, sich bewußt zu sein, daß wir eine Geheimschrift schreiben? Wie mit Geißblattsaft auf – «

Sie lachte schrill. Birkenrinde! Doras heimlicher Liebesbrief, der alte Gänsekiel, der splitterte, sobald sie etwas fester aufdrückte. Auf die feine Birkenhaut hatten die beiden Mädchen von jedem Wort bloß den Anfangsbuchstaben geschrieben. Die blasse, fast unsichtbare Schrift. Stell Er sich vor, teuerster Silvano, ich schriebe mein Leben auf ein Stück Birkenrinde. Mein gewünschtes Leben. Dasjenige, das ich mir mit Lust wählte. Der erste Satz müßte lauten: – – oh, das ist schwierig. Den ersten Satz muß man sich gut überlegen. In der Geheimschrift kann man nichts auslöschen. Sie erzählt alles Verborgene.«

»Der dumme Wilhelm, der dumme Wilhelm«, murmelte sie, während sie sich mit dem Pferd auf den Weg machte. Sie führte Silvano am Zügel den Pfad weiter, bis sie aus der bewachsenen Au in die freien Wiesen gelangten. Diese Route war länger, dafür konnte sie Silvano zumeist galoppieren lassen. Sie spürte, wie der Hengst die Botschaft ihres vom Dahinjagen erfüllten

Körpers verstand, wie er die Hufe so aufsetzte, daß sie mit ihrem Herzschlag zusammenfielen. Leutzmannsdorf kam in Sicht. Sie überquerte die Kastanienallee, die von Osten auf das Schloß zuführte, ohne darauf zu achten, ob dort ein Gefährt unterwegs war. Kaum hatte der Hengst den breiten, prunkvollen Weg angeschlagen, waren sie auch schon darüber hinweg und auf dem Feldweg zwischen weiten Flächen, wo der Hafer sich einer unsichtbaren, streichenden Hand fügte. Als wäre es ihnen bestimmt, dieses grüne Meer zu teilen, in dem da und dort rote Mohnflecken schwammen, zogen die zwei Figuren voran.

Verschwitzt, erschöpft, mit trockenen Kehlen kamen sie nach Hause. Wilhelm nahm Catharina den Hengst ab.

»Darf ich Euer Gnaden jetzt die Überraschung zeigen?«

Catharina brachte nur etwas Unverständliches hervor, die Worte waren in der Hitze zerbröckelt.

»Gleich. Gleich.«

Am Ufer des Teichs schaukelte ein Floß mit einer Schilfhütte darauf.

»Für die Entenjagd«, sagte Wilhelm.

»Das ist ja Wahnsinn.«

»Wir sind hier nicht am Ungarischen See, das weiß ich wohl, Euer Gnaden. Dort habe ich so etwas gesehen. Unser Teich ist natürlich viel kleiner, aber es ist einfach komfortabler, in der Hütte zu sitzen, dahinzutreiben, am Morgen die Fischreiher zu beobachten, zu Mittag die Libellen, am Abend die Schnepfen. Man kann alles aufschreiben. Wie sich das Schilf bewegt, wenn sich ein Karpfen zwischen den Rohren durchzwängt.«

Catharina geleitete mit zwei Fingern ein Insekt aus ihrem Haar.

»Was für ein Einfall«, sagte sie. »Du bist ein merkwürdiger Kerl. Und wie fährt man damit, wie lenkt man es?«

»Mit dieser Stange. Hier in der Mitte ist ein Spalt, da stößt man die Stange durch.«

Catharina schüttelte den Kopf.

»Es ist unglaublich. So etwas habe ich noch nie gesehen.«

Sie ließ sich von Wilhelm auf das Floß helfen.

»Das ist eine Lockente.«

»Auch von dir?«

Catharina nahm den hölzernen Vogel. Er war in den Farben der Wildente bemalt. Der weiße Kragen, wie ein Hemd zum grünen, blauen Gewand. Catharina wog sein Gewicht in der Hand, als wollte sie ihn ermuntern aufzufliegen. Wilhelm sprang mit einem weiten Schritt ans Ufer. Das Floß schwankte. Catharina stand, die Arme ausgebreitet, in der einen Hand die Ente, und versuchte, die Bewegungen auszugleichen. Sie lachte.

»Geh jetzt! Laß mich allein! Ich kann keinen brauchen, der mir zusieht, wenn ich das zum ersten Mal probiere!«

Catharina scheuchte ihn mit der Ente weg. Vorsichtig drehte sie sich auf der kleinen Fläche. Am Rand waren Pflöcke, die dem Floß Stabilität geben sollten. Die Hütte hatte an jeder der drei Wände ein schmales, hohes Fenster. Die Erregung vom Galoppieren war noch frisch, noch nicht ins Erinnern abgekühlt, und mischte sich mit der Freude, daß man so ein nützliches, wundersames Gehäuse bauen konnte. Sie war stolz auf Wilhelms Idee, die bei ihr eine Ahnung von einem unbegreiflichen Wesen hervorrief. Einem Wesen, das sie nicht verunsicherte, sondern ihr zunickte. Das Floß begann wieder zu schwanken, mehr als vorhin. Catharina hielt sich an der Schilfwand fest. Die Wellen begehrten auf, ohne daß Wind zu spüren war. Sie schaute ins Laub der

Eichen und Kastanien hinauf. Die Bäume sahen aus, als wären sie im Stehen eingeschlafen.

Wenn sie die Augen schloß, konnte sie sich vorstellen, auf dem Schiff donauaufwärts zu schwimmen. Es fiel ihr ein, wie sie vor kurzem in die Bibliothek gekommen war und das Gefühl gehabt hatte, seekrank zu sein. Die Regale schienen hin und her zu wogen. Sophie hatte die Bücher abgestaubt und der Größe nach eingeordnet, links die kleinen, bis die Wellen mit den Folianten am Ende des Regals überzuschwappen drohten. Sie hatte es Birken erzählt.

»Teuerster Freund«, sagte Catharina, »der gottbewegte Teich ist auch getrübet klar. Sobald ein von Gott geschicktes Kreuz sein Ziel und der Menschen Dareinergebung erlanget, pflegt es wieder ab- und einzuziehen, wie ein Engel, der seine Botschaft abgelegt. Es heißt doch: Ein Engel fuhr herab in den Teich und bewegte das Wasser. Warum nicht auch hier?«

Sie schaute auf die dunkle, glasige Haut des Wassers. Mit dem Daumen strich sie über die Rippen des Schilfs. Sie war sich jetzt gewiß, daß ihr eine Botschaft überbracht worden war, von der sie nur noch den Nachhall spürte. Was war es? Wo mußte sie anknüpfen? Sie bückte sich, um in das Innere der Hütte zu treten. Sie drückte mit beiden Händen auf den hölzernen Stuhl, der in der Mitte stand, ob er auch ihr Gewicht aushielte. Wilhelm hatte ihn wohl aus dem Meierhof genommen. Im Sitzen konnte man durch die Fenster blicken.

»Er hat an alles gedacht, der dumme Wilhelm«, murmelte sie. »Was ist das bloß für einer? Ein Fremdling, aber er kann wie mit einem Magneten meine wichtigsten Gedanken aus mir locken. Ein katholischer Spion? Wenn ich ehrlich bin, macht er mir Spaß, nicht Ernst. Wie er manchmal mit Wörtern umgeht, als seien noch keine Bücher geschrieben ... als forme er sie und

bestimme über ihre Bedeutung ... dann wäre er aber...«
Sie straffte den Rücken.

*»Komm, schönster Seraphin, berühre meinen Mund...
daß ich was Würdigs kann zu Gottes Lob erdenken.«*
Als ich das schrieb, war ich noch jung, dachte sie.
Komm, schönster Seraphin ... und tralala. Wie leicht
hüpfte das von der Zunge. Er sieht mitunter so aus, der
Wilhelm, als habe er keinen Ort, an den er zurückkehren könne. Vielleicht ist dies das Zeichen seiner Himmelsherkunft? Weil wir uns den Himmel nicht vorstellen können, wie viel wir auch darüber schreiben?

Catharina hörte, wie die Wellen an dem Floß leckten. Sie holte tief Luft. Ich habe ihn weggeschickt, dachte sie. Und was ist seine Botschaft? Sie begann, sich leise vor- und zurückzuwiegen. Immer wieder glitten Bilder durch ihren Kopf. Ihre zufälligen Andachten drängten sich herbei. Wie ihr zu Epiphanias einmal in der Küche die Eier auf den Boden gefallen und in die Form eines Kreuzes geflossen waren. Eines brennenden, gelben Kreuzes. Was ist es nur, dachte sie. Ich komme aus dem Fragen nicht heraus.

Wie von einem sanften Willen gelenkt, begannen ihre Lippen und ihre Zunge Worte zu formen: »Ich wünsche mir, daß mich jemand mehr als alles andere liebt. Mehr als alles andere. Das kann nicht Jesus sein. Warum sollte mich Jesus mehr als alles andere lieben? Also muß es heißen: Ich wünsche mir, daß mich jemand mehr als *jeder andere* liebt. Das ist Jesus.«

Dies zu wissen war einen Augenblick lang schön. Dann traurig. Dann riß ihr die Müdigkeit den Mund auf.

»Je-sus«, gähnte sie. »Je-sus, meine höchste Lust.«

Ich danke Dr. Heimo Cerny und Prof. Dr. Hartmut Laufhütte, die mir ihr Wissen über Catharina Regina von Greiffenberg und Sigmund von Birken in der großzügigsten Weise zur Verfügung stellten.

Zitate aus:
Catharina Regina von Greiffenberg, Sämtliche Werke in zehn Bänden. Hg. Martin Bircher und Friedhelm Kemp. Kraus Reprint: Millwood, N. Y. 1983

Marina Zwetajewa, Vogelbeerbaum. Ausgewählte Gedichte. Hg. Fritz Mierau. Wagenbuchs Taschenbücherei, Berlin 1986

Inhalt

Rilkes Lieblingsgedicht   5

Alzesheimer   77

Die lustwählende Schäferin   137